오룡배 1, 2, 3

오룡배 · 신의주

의주

의주 1, 2, 3

함흥

선천

북한

선천 1, 2, 3

평양

평양 1, 2, 3

원산

남포

금강산

속초

해주 개성

춘천

강릉

백령도

서울

원주

Ⅳ. 화문행각
「화문행각」
『동아일보』1940. 1. 28~2. 15
길진섭과 함께

인천

대 한 민 국

황해(서해)

세종
대전

Ⅲ.「남유다도해기」12편
김영랑, 김현구와 함께 기행 1938

김천

대구

군산

진주 1-5

광주

진주

목포

통영

강진

통영 1-6

가거초

제주

제주도

남해

2. 정지용 기행 산문여정

Ⅱ. 금강산기
「내금강소요 1, 2」1937「수수어 3-2」
박용철과 함께 기행『조선일보』1937. 2. 10~17

Ⅴ. 남해오월점철
「남해오월점철」18편 정종여와
함께 기행『국도신문』1950. 5. 7~6.25

독도

동해

Ⅰ. 일본 교토
1923~1929
「압천상류」上
「압천상류」下

니
기
노

나고야

교토

일본

오사카

히로시마

도쿠시마

오카

정지용 기행 산문집

정지용 기행 산문집

산이 서고 들이 열리고 하늘이 훨쩍 개이고

초 판 인 쇄	2017년 5월 15일
초 판 발 행	2017년 5월 25일

편 자	김묘순
발 행 인	박현숙
펴 낸 곳	도서출판 깊은샘

등 록	1980년 2월 6일 제2-69
주 소	서울특별시 용산구 원효로80길 5-15 2층
전 화	02-764-3018~9
팩 스	02-764-3011
이 메 일	kpsm80@hanmail.net

인 쇄	임창P&D

I S B N	978-89-7416-248-1 (03810)

정지용
기행 산문집

———

김묘순 편저

산이 서고
들이 열리고
하늘이 훨쩍 개이고

깊은샘

정지용
기행 산문집

차
례

I. 일본 교토

II. 금강산기金剛山記

Ⅲ. 남유南游, 다도해기多島海記

Ⅳ. 화문행각畫文行脚

V. 남해 오월 점철點綴

일러두기

1. 이 책에 수록된 대부분의 작품은 『문학독본』(정지용, 박문출판사, 1948)과 『국도신문』(정지용, 「남해오월점철」, 1950)을 원본으로 삼았다.
2. 향토어인 옥천 방언을 조사하여 주를 달았고, 낯선 어휘는 『표준국어대사전』(국립국어원 홈페이지 참조)을 찾아 주를 달았다. 이를 통해 작품 감상에 도움을 주고자 하였다.
3. 기행 산문을 기행 여정에 따라 1부 일본 교토 2편, 2부 금강산기 3편, 3부 남유다도해기 12편, 4부 화문행각 13편, 5부 남해오월점철 18편으로 나누었다.
4. 작품은 국외를 배경으로 한 것과 국내를 배경으로 한 것으로 구분하였으며, 공간과 시간의 이동에 따라 배열하였다.
5. 연보는 최동호 교수님의 『정지용사전』, 사)한국문인협회 옥천지부의 『옥천문단』, 옥천 문화원의 『옥천문화』, 편저자의 「정지용 생애재구 I」(『한국현대시의 아버지 정지용 문학포럼』, 2013)을 참고하였다.
6. 작품의 출처는 제목 하단에 *표시로 구분하고 밝혀 놓았다.

Ⅰ

일본 교토

압천鴨川 상류 상

압천鴨川[1]의 수원水原이 어딘지는 모르고 말았다. 애써 찾아가본다든지 또는 문서를 참고한다든지 지리에 취미가 있는 사람이고 보면 마땅히 할 만한 일을 아니하고 여섯 해를 지냈다.

대개 중압中鴨[2]에서 하숙을 정하고 지냈으니 하압下鴨으로 말하면 도심지대에 듦으로 물이 더럽고 공기도 흐리고 여러 점으로 서있기가 싫었다. 그래도 중압쯤이나 올

---

* 정지용,『문학독본』, 박문출판사, 1948, 50~52면. (간기에는 『지용 문학독본』으로 되어 있음)
1) 일본 교토시의 중앙을 흐르는 강. 가모가와 강을 이름.
2) 정지용이 다닌 동지사대학교에서 걸어서 5분 내에 이를 수 있는 거리에 있다.

라와야만 여름이면 물가에 아침저녁으로 월견초月見草[3]가 노오랗게 흩어져 피고 그 이름난 우선友禪[4]을 염색도하여 말리고 표백도 하고 하였다. 원래 거기서 이르는 말이 압천 물에 행군 비단이라야만 윤이 칠칠하고 압천 물에 씻기운 피부라야만 옥같이 희다는 것이었다. 그래서 그런지는 몰라도 거기는 비단과 미인으로 이름난 곳이었다. 그러나 압천이란 내는 비올 철이면 흐르고 그렇지 않으면 아주 말라붙는 내다. 수석漱石[5]의 글에도 "압천 조약돌을 밟아 헤여[6]다하였다"라는 한 기행문 구절이 있었던 줄로 기억하고 있지마는 물이 마르고 보면 조약돌이 켜켜이 앙상하게 들어나 있어서 부실한 겨울 해나 비치고 할 때는 여간 쓸쓸하지 않았다.

여름철이 되어야만 역구풀[7]이 붉게 우거지고 밤으로 뜸부기도 울고 하는 것을 한번은 그렇지 못한 때 지금 만주

---

3) 달맞이꽃.
4) '유젠'이라는 이 당시 교토에서 생산되던 비단.
5) 나스메 소세키(夏目漱石, 1867~1916) : 일본 메이지 시대의 문학자.
6) '헤아리다'의 방언으로 수량을 세다. 또는 미루어 생각하거나 짐작으로 따지고 살피다.
7) '여꾸풀'이라 말하는 옥천 방언. 여뀌풀. 냇가나 습지에서 자라는 한해살이 풀. '여뀌'를 '풀'이라는 뜻을 강조하여 이르는 말. 시 「압천」에 '역구풀 욱어진 보금자리'로 동일 표현 쓰임.

에 가있는 여수麗水[8]가 와보고, 그래 어디가 "역구풀 우거진 보금자리, 뜸부기 홀어멈 울음 우는 곳"이냐고 매우 시시하니 말을 하기에 변명하기에 좀 어색한 적도 있었으나 어찌하였든 나는 이 냇가에서 거닐고 앉고 부질없이 돌팔매질하고 달도 보고 생각도 하고 학기시험에 몰리어 노트를 들고 나와 누어서 보기도 하였다.

폭이 상당히 넓은 내가 되어서 다리가 여간 길지 않은 것이었다. 봄 가을 비오는 날 이 다리를 굽 높은 나막신에 파란 지우산을 받고 거니는 정취란 업수이 여길[9]것이 아니었다. 광중류廣重流[10]의 유세화乳世畵[11]도 그러한 것이었기 때문에.

마주 서있는 비예산備叡山도 계절을 따라 맵시를 달리하고 흐리고 개이는 날씨대로 자태를 바꾸는 것이었다. 이불을 쓰고 누운 것 같다는 동산東山도 바로 지척인데 익살스럽게 생긴 산이었다.

---

8) 정지용과 함께 『요람』 동인과 구인회 활동을 했던 박팔양의 아호. 麗水(여수) 또는 如水(여수)였음.
9) '업신여길'의 옥천 방언. 교만한 마음으로 남을 하찮게 여기고 깔보는 일. 옥천에서는 "업수히 보지마라" 등으로 쓰인다.
10) 대표적인 우키요에 화가인 우타가와 히로시게(歌川廣重)를 이름.
11) 17~20세기 초 에도시대에 성립된 당대 사람들의 일상생활, 풍경, 풍물을 그린 풍속화.

조선서는 길에서 인사만 좀 긴하게 하여도 무슨 트집을 잡아 말구실을 펼쳐 놓고 하지마는 거기서야 우산 하나에 사람은 둘이고 비는 오고하면 마침내 한 우산 알로[12] 둘이 꼭 다가서 가는 수밖에 없지 않았던가. 그래도 워낙 꽃같이 젊은 사람들이고 보니깐 그러하고 가는 꼴을 보면 거기 사람들도 싫지 않을 정도로 가볍게 놀리기도 하던 것이었다.

다시 상압으로 올라가면 거기는 정말 촌이 되어 늪에 물이 철철 고여 있고 대수풀이 우거지고 물레방아가 사철 돌고 동백꽃이 겨울에도 빨갛게 피고 있다. 겨울에도 물이 아니 얼고 풀도 마르지 않으니까 동백꽃이 붉은 것도 괴이치 아니하였다.

노는 날이면 우리들의 산보 터로 아주 호젓하고 좋은 곳이었다. 거기서 다시 거슬러 올라가면 팔뢰八瀨라고 이르는 비예산 바로 밑에 널리어 있는 마을이 있는데 그 근처가 지금은 어찌 되었는지 모르나 그때쯤만 해도 거기 하천공사가 벌어지고 비예산 케이블카가 놓이는 때라 조

---

12) 아래로, 밑으로'라는 뜻의 옥천 방언. 경기도와 경상도 지방에서도 나타난다.

선 노동자들이 굉장히 많이 쓰이었던 것이다.

이른 봄철부터 일철이 되고 보면 일판이 흥성스러워졌다. 석공 일은 몇몇 중국 사람들이 맡아하고 그 대신 일공 값도 그 사람들은 훨석[13]비쌌고 평坪 뜨기 흙 져나르기 목도질 같은 일은 모두 조선 토공들이 맡아 하였지만 삯전이 매우 헐하였다는 것이다.

수백 명 씩 모이어 설레는 일판에 합비[14] 따위 노동복들은 입었지만 동이어맨 수건 틈으로 날른대는[15] 상투를 그대로 달고 온 사람들도 많았다.

째앵한 봄볕에 아지랑이는 먼 불 타듯하고 종달새 한꿋[16] 떠올라 지즐거리는데 그들은 조선의 흙빛 같은 얼굴이며 우리라야 알아듣는 와살스런 사투리며 육자배기 산타령 아리랑 그러한 것들을 그대로 가지고 온 것이었다.

13) '훨씬'의 옥천 방언.
14) 인력거꾼 옷.
15) '보였다 안 보였다'하는 모양 혹은 '낡고 해져서 누덕누덕한'의 옥천 방언.
16) '한껏'의 옥천 방언으로 '할 수 있는 데까지'를 이름.

압천鴨川 상류 하

그 단순하고 소박한 일군들도 웬 까닭인지 그곳 물을 몇 달 마시고나면 거칠고 사납고 하루 강아지 범 무서운 줄 모른다는 셈인지 십장에게 뭇매를 앵겼다[17]는 등 순사를 때려주었다는 등 차차 코가 세어지는 것[18]이었다. 맞댐[19]으로 만나 따지고 보면 별 수 없이 좋은 사람들이었지만 얼굴 표정이 잔뜩 질려 보이고 목자가[20] 험하게 찢어져있고 하여 세루양복[21]에 머리를 갈랐거나 치마 대신에 하까마,[22]

＊ 정지용, 『문학독본』, 박문출판사, 1948, 53~56면.
17) '덤벼들다, 때렸다'의 옥천 방언.
18) 남의 말을 잘 듣지 않고 고집이 세다.
19) '맞대면'의 옥천 방언으로 '서로 얼굴을 마주보며 대하다'
20) '눈초리가'의 뜻인 옥천 방언.
21) 촘촘히 짠 모직 양복.
22) 일본 옷의 겉에 입는 아래 옷.

저고리 대신에 기모노를 입었다는 이유만으로 욕을 막 퍼붓고 회학질이 여간 심한 것이 아니었다. 우리가 조금도 못 알아듣는 줄로만 알고 하는 욕이지마는 실상 그것을 탓을 하자고보면 살이 부들부들 떨릴 소리를 하는 것이다. 그러나 우리는 조금도 어찌 여기지 않고 끝까지 모르는 표정으로 그들의 옆을 천연스레 지나간 것이었다. 우리가 조금도 모를 리 없는 욕설이지만 진기하기 짝이 없는 욕들이다. 셰익스피어 극 대사의 해괴한 욕을 사전을 찾아가며 공부도 하는 터에 실제로 모르는 척 하고 듣는 것이 흥미 없는 것도 아니었다. 그러나 좀 얼굴이 붉어질 소리를 하는 데는 우리는 서로 얼굴을 피하였다.

뻔히 알아들을 소리를 애초 모르는 체 하는 그러한 것이 이를테면 교양의 힘일 것이리라.

그러나 만일 그들이 별안간 삽으로 흙을 떠서 냅다 뒤집어 쓰인다면 어떠한 대책이 설수 있을까 할 때에, 나는 절로 긴장하여지고 어깨를 떡 펴고 얼굴과 눈을 좀 엄혹하게 유지하고 또 주시하며 지나가게 되던 것이었다.

그러나 우리들의 호기심과 향수는 좌절되지 아니하였었다.

장마 치르고 난 자갈밭이거나 장마가 지고 보면 으레

히 떠나갈 터전, 말하자면 별로 말썽이 되지 않을 자리면 그들은 그저 어림어림하며[23] 집이라고 고혀 놓는다.[24] 궤짝 부셔진 널쪽 전선줄 양철판 등속으로 얽어놓고 그들은 들어앉되 남편, 마누라, 어린것, 계수, 삼촌, 사돈댁, 아조 남남끼리 할 것 없이 들고 나고 하는 것이었다.

짜르르 쩔었거나 희거나 푸르둥둥 하거나 하여간 치마 저고리를 입은 아낙네들이나 아래 동아리[25] 홀홀 벗고 때가 겨른[26] 아이들일지라도 산 설고 물 설은 곳에서 만나고 보면 반갑지 않을 수 없다.

그들은 우리가 조선 학생인줄 알은 후에는 어찌 반가 워하고 좋아하던지 한 십여 인이나 되는 아낙네들이 뛰 어나와 우리는 그만 싸이어 들어가듯 하여 무슨 신랑신 부나 볼모로 잡아오듯이 아랫목에 앉히는 것이었다. 그래 조선서 와서 학교 하는 양반이냐고 묻고 고향도 묻고 나 이도 묻고 하는 것이다. 어찌되는 사이냐고 하기에 나는

---

23) 대강 짐작으로 헤아림.
24) 고여 놓는다. 충청도 방언으로 밑을 받치다.
25) 아래쪽에 입는 하의를 의미하는 옥천 방언.
26) 겯다(결으니, 결어) : 기름이 흠씬 배다. 혹은 기름에 담그거나 기름을 발라서 흠씬 배게 하다에서 온 '아주 (때가) 몹시 쩌들어 더러울 정도'라는 옥천 방언.

어쩌다 튀어나온 대답이 사촌간이라고 한 것이었다. 그들은 별로 탓도 아니하였으나 사촌 오누 간에 퍽은 서로 닮았다기에 우리는 같은 척하고 견디었다. 이러한 경우에는 사촌이 아니라고 한다든지 혹은 사촌이 아닌 줄이 명백히 들어나고 보면 결국 꼼짝없이 억울해도 할 수 없이 뒤집어쓰고 마는 것이었다.

그중에 퍽 엽엽해 보이고 있고 보면 손님대접하기 즐길 듯한 끌기는 끌었으나 당목저고리에 자주고름을 여미고 자주끝동을 달은, 좀 수선스럽기도 할 한 분이 일어나가는 거동으로 우리는 벌써 눈치를 챘던 것이었다. 황황히 일어서려니까 왼[27]방안에 있는 분들이 모다 붙들며 점심 먹고 가라는 것이었다.

이밥[28]에 콩도 섞기고 조도 있으나 먹을 만한 것에 틀림없었고 달래며 씀바귀며 쑥이며 하여간 산효山肴 야채임에 틀림없었고 골고루 조선 것만 골라다 놓은 것이 귀한 반찬들이었다.

한끗 성의를 다하여 먹는 참에 바깥주인이 들어오는

---

27) '어느 공간을 가득 채우는'의 뜻인 옥천 방언. '온 방안에.'
28) 쌀밥.

모양인데 안주인이 우리를 변명 겸 설명하는 것이었다. 안주인의 이때까지 정이 녹을 듯한 거동이 좀 황황해진 것이기도 하였다.

바깥주인의 태도가 좀 무뚝뚝하고 버티기로서니 내가 안경을 벗고 한 팔 집고 한 무릎 꿇고 무슨 도 무슨 면 무슨 몇 통 몇 호까지 대며 인사를 올리는 데야 자긴들 어찌 그대로 하나 뺄 수 있을 것이며 또 지으기[29] 완화되지 않을 배 어디 있었으랴.

끝까지 나의 교양의 힘으로 희한히 화기애애하던 그날의 동향 일기를 조금도 흐리우지도 않고 견딘 것이었다.

방안에서 문에서 뜰에서 부엌에서 모두들 잘 가고 또 오라는 인사를 받고 나오는 길에 우리는 보아서는 아니 될 것이 눈에 뜨인 것이었다. 막대하나 거침없는 한편에 한 아낙네가 돌맹이 둘에 도틈 쪼그리고 앉아 있는 것이었다. 조금 황겁히 구는 것 이었으나 결국 우리가 보아서는 못 쓸 것이 없으매 아낙네는 그대로 견디기 어려운 일이 아니었다.

일찌기 농촌 전도로 나선 어떤 외국 선교사 한 분이 모

---

29) '적이'의 옥천 방언. 얼마 못 되게, 다소, 조금.

든 불편한 것을 아무 불평 없이 참아 받았으나 다만 조선의 측간만은 좀 곤란하였던지 조선의 측간은 돌맹이 두 개로 성립되었다는 우스개 말씀을 한일이 있었으나, 그 '컨시스 오브 투 스톤즈'[30]라는 섭섭하기도 하고 우습기도 한 말이 잊어지지 않았다.

그야 측간이 반드시 돌맹이 두개로 성립된 것도 아니지마는 혹시 그럴 수도 있지 아니한가.

산이 서고 들이 열리고 하늘이 훨쩍 개이고 사투리가 판히[31] 다른 황막한 타향이고 보면 측간쯤이야 돌맹이 둘로 성립되지 말라는 법도 없다.

---

30) consists of two stones.
31) '확연히, 확실히'라는 뜻의 옥천 방언.

II

금강산기金剛山記

내금강內金剛 소묘素描 1

　표훈사表訓寺 채 못 미쳐서 인가가 너댓 채 있어 지나자
면 자연 마당은 새레[32] 마루며 안방 근처에 이런 반반한
여자들이 있을까 별로 깊이 투득해[33] 알아질 것도 아니지
마는 담뱃갑 사과 개나 놓이었기에 영신환[34] 이 있느냐고
물었더니, 장안사長安寺에서 아니 사셨으면 올라가시다가
만폭동萬瀑洞 매점賣店에서야 사신다는 것이다. 말 접대라
든지 쪽에 손이 돌아간 맵시가 서울사람의 풍도가 있기
에 이런 이가 대개는 한번 험한 꼴을 본 이거나 혹은 어

＊ 정지용, 『문학독본』, 박문출판사, 1948, 91~93면.
32) '커녕, 커니와'의 옥천 방언.
33) '터득해'의 옥천 방언으로 이치를 깊이 생각하여 깨달아 알아냄.
34) 소화제 기능의 환약.

쩌다 미끄러져 산그늘에 핀 꽃이 되었으려니 하였다.

철늠[35]이는 입술이 점점 노래지고 이마에 구슬땀이 솟아 송송 매여달린 품이 암만해도[36] 만만하지 않은데 그래도 개실개실[37] 따라온다. 장안사에서 먹은 그 시커먼 냉면이 살아 오르는 모양이나 이 사람이 벌써부터 이러면 내일 비로봉毗盧峯을 넘을까가 문제다.

안팎 십리길, 칡넝쿨에 걸리며 돌부리를 차며 찾아보고 온 명경대明鏡臺는 화원에 들어서기 전에 먼저 까실까실한 선인장仙人掌 한 포기를 대한 느낌이 있어 한밤 자고 나 내일 깊숙이 들어가 펼쳐볼 데를 생각하면 황홀한 예감에 기쁨이나 걱정이나 말이나 다리가 미리 애끼어만[38] 진다.

표훈사 법당 앞에 들어서서 차라리 비창한 걸음으로 따라오는 철이 보고 정양사正陽寺까지 되겠느냐고 물은 것은 실상 탈이 난 정도를 알아보자는 것이, 그래도 대여 선다는 것이다. 절 뒤에 흐르는 개천으로하야 길이 끊어져

35) 1937년에 정지용과 함께 기행을 떠난 시인 박용철. 그는 이듬해인 1938년 사망했다.
36) 이러저러하게 애를 쓰거나 노력을 들이다.
37) '아주 힘들어 간신히'의 옥천 방언.
38) '아껴야만'의 의미인 옥천 방언.

징검돌다리로 잇은 목을 드듬드듬 건너서보니 인제부터 숨이 차게 까스락진 정양사 오르는 길이 된다. 이렇게 고집을 피는 사람보고 안 되겠네 내려가 누어있게 하고 어린 애 다루듯 하니, 그러면 자네 혼자 올라갔다 오게 하며, 새파라니 돌아서는 꼴이 안쓰럽기도 하나 위해 한다는 말이 절로 우락부락하게 나간다.

한 삼십 분 동안 흑흑거리며 올라가는 길인데 길가에 속사풀이 수태³⁹ 솟았다. 어려서 약방에서 얻어다가 일가집 누이와 이를 닦던 약이 본고장에서 보면 하도 많은 푸른 풀이로구만. 꽃도 잎도 없이 보리순처럼 마디진 풀이 쏙쏙 솟아 풀피리로 불면 애연한 소리가 골을 울릴 듯하다.

고불고불 기어오르는 길이 숨이 턱에 받친다. 한옆에 절로 솟는 별똥백이 새암물⁴⁰이 고여 있다. 후후 불어 홈켜 마시고 나니 속이 씽그라히⁴¹ 피부와 함께 차다.

절 마당에 들어서서 먼저 뜨이는 것은 육모진 조그만 불당佛堂인데 저것이 유명한 정양사 불당이라고 하였다. 나무쪽을 나막신만큼 파고 아로새기어 조각조각 맞추어

---

39) '순박하고 진실하다'의 옥천 방언.
40) '홀로 떨어져 있는 샘물'이라는 의미의 옥천 방언.
41) '서늘하고 쓸쓸히'의 옥천 방언.

놓은 것이요 들보라든지 서까래가 없는 단청이라든지 절묘한 조화造化와 같다.

그러나 정양사는 집보다도 터가 더욱 절승絶勝하다. 내 금강 연봉連峯이 모조리 한눈에 들어오는데 낙조에 물들어 빛깔이 시각으로 변해나간다. 말머리로 보면 말머리요 소로 보면 소요 매가 날개를 접고 있는 사[42] 싶으면 토끼가 귀를 쓰다듬는 모상[43]이다. 달이 뜨는 듯 해가 지는 듯 뛰어나온 날까지 구기어진 골짜구니 날래[44] 솟은 봉오리가 전체로 주름 잡힌 황홀한 치마폭으로 보아도 그러려니와 겹겹이 접히어 무슨 소린지 서그럭 서그럭 소리가 소란한 모란꽃 송이 송이로 보아도 역시 그러하다. 현란한 색체의 신출귀몰神出鬼沒한 변화에 차라리 음악적 쾌감이 몸을 저리게 한다.

---

42) '있는 듯'의 옥천 방언. '사'는 '듯'이라는 의미의 의존명사로 어미 -ㄴ, -는, -은, -ㄹ, -을 등의 뒤에 쓰이어 그런 것 같기도 하고 그렇지 않은 것 같기도 한 어떤 상태를 추상적으로 나타내는 말.
43) 모양.
44) 우뚝, 뛰어나게.

내금강內金剛 소묘素描 2

춘천 쪽으로 지는 해가 꼬아리[45]처럼 붉게 매어달리고 트일 듯이 개인 하늘이 바다 빛처럼 짙어 가는데 멀리 동쪽으로 비로상봉毘盧上峯에는 검은 구름이 갈가마귀 떼같이 쏘알거리고[46] 있다. 쾌히 개인 날도 저 봉우에는 하루 세 차례씩 검은 구름이 음습한다[47]고 한다. 내일 낮쯤은 우리 다리가 간조롱히[48] 하늘 끝 낮별 가장자리를 밟겠구나.

산 그림자가 갑자기 어두워지며 등에 흠식 젖은 땀이

---

* 정지용,『문학독본』, 박문출판사, 1948, 94~96면.
45) '꽈리'의 뜻인 옥천 방언.
46) '속닥거리고, 속삭이고'의 뜻인 옥천 방언.
47) '남몰래 습격하다'의 '음습(陰襲)하다' 또는 '뜻하지 아니 하는 사이에 습격하다'의 '엄습(掩襲)하다'
48) '가지런히'의 뜻인 옥천방언.

선뜻선뜻하여 팔월 중순 기후가 벌써 춥다시피 하다.

내려올 때는 좀 무서운 생각이 일도록 산이 검어지므로 지팡이가 아니었더라면 고꾸라질 뻔하게 단숨에 내려왔다. 표훈사로 나려와 중향여관을 찾았더니 매캐한 석유불이 켜진 방에서 정말 꽁꽁 소리가 난다. 주인을 불러 먼저 죽을 묽게 쑤게 하고 마늘을 한줌 실하게 착착 이겨[49] 소주를 쳐오라고 하였다. 전에 효험 본 일이 있기로 철笠이를 한번 황치荒治로 다스릴 필요를 느끼었다. 철이는 아프지는 않고 아랫배가 똘똘 뭉치어 옴짓[50] 못하겠다는 것이다.

옴짓 못하는 것과 아픈 것이 어떻게 다른 것인지 앓는 사람보고 웃을 수도 없고, "그걸 뚫어야 하네 뚫어야 해" 싫다는 것을 위협하듯 먹였더니 눈에 눈물이 글썽글썽해가며 흐물흐물 먹더니 다시 누어 업뎐다.[51] 살아 오르는 시커먼 냉면을 죽일 자신이 있어서 하는 일이라 그대로 사루마다[52] 바람으로 일어서 나가 잣나무 사이를 돌아

---

49) "잘게 찧어(빻아) 매매 이기"는 것이란다. 즉, '점도를 강하게 할 때' 쓰이는 옥천방언.
50) '움직이지'의 뜻인 옥천 방언.
51) 등을 천장 쪽으로 하고 눕다.
52) 팬츠 혹은 잠방이.

물가로 갔다. 감기가 들까 염려가 되도록 찬물에 조심조심 들어가 목까지 잠그고 씻고 나서 바위로 올라가 청개구리같이 쪼그리고 앉으니 무엇이 와서 날큼 집어삼킬지라도 아프지도 않을 것같이 영기靈氣가 스미어 든다. 어느 골짝에서는 곰도 자지 않고 쳐다보려니 가꾸로 선 듯 위대한 산 봉오리 위로 가을 은하는 홍수가 진 듯이 넘쳐흐르고 있다.

산이 하도 영기로워 이모저모로 돌려보아야 모두 노려보는 눈 같고 이마 같고 가슴 같고 두상 같아서 몸이 스스로 벗은 것을 부끄러울 처지다. 한편으로 생각하면 진정 발가숭이가 되어 알몸을 내맡기기는 이곳에 설가 하였다. 낮에 명경대에서 오는 길에 만난 양녀洋女 두 명이 우락牛酪)⁵³ 척척 이겨다 붙인 듯한 우통⁵⁴을 왼통⁵⁵ 벗고 가슴만 그도 대보름날 액막이로 올려다 단 지붕 위에 종이 달 만큼 동그랗게 두 쪽을 가릴 뿐이요 거들거리고 오기에, "망칙해서 좋지않소!" 하였더니 "매우 좋소!" 하며 부끄러운 줄 모르는 양녀와 농담을 주고받고 한 일도 있

---

53) 우유의 지방을 분리·응고시킨 버터.
54) 몸뚱이의 허리 윗부분을 뜻하는 '윗도리'의 옥천 방언.
55) '온통, 모두'의 의미인 옥천 방언.

었거니와 금강산이 그다지 기름진 것으로 이름이 높은 곳이 아닌 바에야 천한 살을 벗어도 산그늘이 아주 검어진 뒤에 벗는 것이 옳을 게라고 하였다.

개운히 씻고 났다느니 보담 몸을 새로 얻은 듯 가볍고 신선하여 여관방에서 결국 밥상을 혼자 받게 되었다. 머얼건 죽만 몇 번 마시고 나서 꿩한 눈으로 밥상을 살피어 보는 철이의 등 뒤에 그림자는 장승처럼 구부정 서있다. 고비고사리며 도라지며 취에 소전골에 갖은 절간 음식이 모두 그림자가 길게 뉘여 있다.

소리라고는 바람도 자고 뒤뜰 홈으로 흘러 떨어지는 물이 쫄쫄거릴 뿐이요 그래 좀 후렷한가 물어보면, "좀 낳은[56] 것 같어이", "그래 내일 비로봉 넘겠는가."하면,"넘지 넘어.", 이야기하며 먹노라니 벅차게 큰 튀곽[57]이 유난히도 버그럭 소리가 나는 것이었다.

---

56) 나은.
57) '다시마나 죽순 따위를 잘라 끓는 기름에 튀긴 반찬'을 뜻하는 옥천 방언.

수수어愁誰語 3-2

비로봉毗盧峯

담쟁이
물 들고,

다람쥐 꼬리
숫이 짓다.

산맥山脈우의
가을ㅅ길

＊ 김학동 편저, 『정지용 전집 2』, 민음사, 2005, 55~58면.

이마 바르히
해도 향그롭어

집행이[58]
자진 마짐[59]

흰돌이
우놋다.

백화白樺 홀홀
허울 벗고,

꽃 닙에 자고
이는 구름,

바람에
아시우다.

---

58) 지팡이. 옥천 방언은 집행이 〉 지팽이(자음축약).
59) 잦다 + 맞다 = 잇달아 있다 + 그대로 몸으로 받다 = 잇달아 (지팡이가) 내 딛는 모습.

구성동九城洞

골작에는 흔히
유성이 묻힌다.

황혼에
누뤼가 소란히 묻히기도 하고,

꽃도
귀향 사는 곳,

절터ㅅ드랬는데
바람도 모히지 않고

산 그림자 설핏하면
사슴이 일어나 등을 넘어간다.

한해 여름 팔월 하순 다가서 금강산에 간 적이 있었으
니 남은 고려국에 태어나서 금강산 한 번 보고지고가 원
이라고 이른 이도 있었거니 나는 무슨 복으로 고려에 나

서 금강을 두 차례나 보게 되었던가.

한더위에 집을 떠나온 것이 산 위에는 이미 가을 기운이 몸에 스미는 듯 하더라. 순일[60]을 두고 산으로 골로 돌아다닐 제 얻은 것이 심히 많았으니 나는 나의 해골을 조찰히[61] 골라 다시 지니게 되었던 것이다. 설령 흰 돌 위 흐르는 물기에서 꽃같이 스러진다 하기로서니 슬프기는 새려[62] 자칫 아프지도 않을 만하게 나는 산과 화합하였던 것이매 무슨 괴조조하게 시니 시조니 신음에 가까운 소리를 했을 리 있었으랴. 급기야 다시 돌아와 이 진애塵埃 투성이에서 겨우 개 무덤 따위 같은 산들을 날마다 바로 보지 아니치 못하게 되고 보니 금강은 마침내 병인 양하게 나의 골수에 비치어 사라질 수 없었다. 금강이 시가 되었다면 이리하여 된 것이었다.

「비로봉」, 「구성동」, 「옥류동」 세 편을 죽도록 애써 얻어 기록하였더니 그중에도 제일 아까운 「옥류동」 1편을 용철이가 가져다가 분실하여 버렸다. 꽃 도적을 다스릴 법이 있기 어렵거든 시를 잃은 잘못을 무엇이라 책하랴. 원래

60) 열흘
61) 깨끗이. 최동호 편저, 『정지용 사전』, 고려대학교 출판부, 2003, 287면.
62) '커녕'의 뜻인 옥천 방언.

구본웅 군과 계획하여 온 『청색지』 첫 호에 실리어 큰소리하자 한 것이 뜻한 바와는 어그러지고 말았다. 진득한 꽃으로 남의 눈에 뜨이지 않고 사라진 송이가 좀도 많을까 보냐. 분실되고만 나의 시 「옥류동」아 한껏 아름다웠으려무나.

수수어 2회분을 미리 쓰지 못하고 수인囚人과 같이 초조함에 견딜 바 없으매 오후 두 시에 돌아가는 초속도 윤전기는 그러면 너의 목이라도 갖다 바치고 대령하라는 셈이다. 겨우 기억되는 대로 금강金剛 제제題 두 편을 바치노니 사형 기사에나 명문에나 한갈로[63] 냉혹한 윤전기 앞에서 실상 끝까지 아끼어야 할 것 없어 하노라.

『청색지』 첫 호에 뼈를 갈아서라도 채워 넣어야 할 것을 느끼며 이만.

---

63) '서로 같음'의 뜻인 옥천 방언.

III

남유南游, 다도해기多島海記

꾀꼬리

-남유南游 제일신第一信-

꾀꼬리도 사투리를 쓰는 것이오니 강진康津[64]골 꾀꼬리 소리는 소리가 다른 듯 하외다. 경도京都[65] 꾀꼬리는 이른 봄 매화 필 무렵에 거진 전차길 옆에까지 내려와 울던 것 인데 약간 수리목[66]이 져 가지고 아담雅淡하게 굴리던 것 이요, 서울 문밖 꾀꼬리는 아까시아 꽃 성히 피는 철 이른 여름에 잠깐 듣고 마는 것이나 이곳 꾀꼬리는 늦은 봄부

＊ 정지용, 『문학독본』, 박문출판사, 1948, 97~98면.
64) 전남 강진으로 김영랑의 고향.
65) 일본 교토 부 남부에 있는 도시. 정지용은 이곳 동지사대학 출신임.
66) '목이 쉬어 세세 소리가 나는 목소리가 잘 안 나오는 상태'를 이르는 옥천 방언.

터 여름이 다 가도록 운다 하는데 한 놈이 여러 가지 소리를 내는 것입니다.

바로 장독대 뒤 큰 둥구나무가 된 평나무 세 그루에서 하루 종일 울고 아침 햇살이 마악 퍼질 무렵에는 소란스럽게 꾀꼬리 저자를 서는[67] 것입니다.

꾀꼬리 보학譜學에 통하지 못하였고 나의 발음기관이 에보나이트 판이 아닌 바에야 이 소리를 어떻게 정확하게 기록하여 보내 드리리까?

이골 태생 명창 함동정월咸洞庭月[68]의 가야금伽倻琴 병창[69] 「상사가」구절에서 간혹 이곳 꾀꼬리의 사투리 같은 구절이 섞이어 들리는가 하옵니다.

그도 그럴싸하게 들으니 그렇게 들리는 것이지 어떻게 그럴 수 있겠습니까.

꾀꼬리도 망녕의 소리를 발하기도 하는 것이니 쪽쪽 찢는 듯이 개액 객 거리는 것은 저것은 표독한 처녀의 질투에서 나오는 발악에 가깝기도 합니다.

---

67) 시장, 시가, 인가가 많은 번화한 곳. 저자 서다 : 장이 열려서 매매가 시작된다.
68) 가야금 병창 및 산조분야 기능 보유자. 본명은 함금덕이며 중요무형문화재 23호.
69) 竝唱(병창)과 同語(동어).

동백나무

동백꽃은 제철에 와서 못 본 한이 실로 크외다. 그러나
워낙 이름이 높은 나무고 보니 꽃철은 아닐지라도 허울만
으로도 뛰어나게 좋지않습니까? 울안에 선 오륙 주株가
연령과 허우대로 보아도 훨씬 고목古木이 되었건만 잎새와
순이 어찌 이리 소담하게 좋으며 푸른 것이오리까! 같이
푸르러도 소나무의 푸른빛은 어쩐지 노년의 푸른빛이겠
는데 동백나무는 고목일지라도 항시 청춘의 녹색입니다.
무수한 열매가 동글동글 열리어 빛깔마저 아리땁게도 붉

---

* 정지용, 『문학독본』, 박문출판사, 1948, 97~98면

은빛입니다. 열매에서 향유香油가 나와 칠칠한 머릿단을 다시 윤이 나게 하는 것입니다.

예의와 풍습으론 조금도 다른 점을 볼 수 없다 할지라도 울창이 어우러진 동백수풀 그늘 안에 들어서고 보니 남도南道에도 남도에를 왔구나 하는 느낌이 굳세어집니다. 기차로 한밤 한낮을 허비하여 이 강진 골을 찾아온 뜻은 친구의 집 울안에 선 다섯거루[70] 동백나무를 보러 온 것인가 봅니다.

하물며 첫 정월에도 흰 눈이 가지에 나려 앉는 날 아조[71] 푸른 잎잎에 새빨간 꽃송이는 나그네의 가슴속에 어떻게 박힐 것이오리까! 더욱이 그것이 마을마다 집집마다 있다시피 한데야 어찌합니까! 무덤 앞에 석물石物은 못 장만할지라도 동백나무와 반송盤松을 심어서 세상에도 쓸쓸한 처소를 겨울에도 봄과 같이 꾸민다 하오니 실로 남방에서 얻을 수 있는 황홀한 시취詩趣가 아니오리까.

---

70) 다섯 그루. '거루'는 '그루'의 뜻인 옥천 방언.
71) '아주'의 옥천 방언.

때까치

평나무 위에 둥그런 것은 까치집에 틀림없으나 드는 것
도 까치가 아니요 나는 놈도 까치가 아닙니다.

몸은 가늘고 길어 가슴마저 둥글지 못하고 보니 족제비
처럼 된 새입니다.

빛깔은 햇살에 번득이면 감색監色[72]이 짜르르 도는 순
흑색純黑色이요 입부리는 아주 노랑습니다. 꼬리도 긴 편
이요 눈은 자색姿色이라고 합디다. 까치가 분명히 조선 새

---

* 정지용.『문학독본』. 박문출판사. 1948. 101~102면
72) 검은 빛을 띤 남색.

라고 보면 이 새는 모양새가 어딘지 물건너적이 아니오리까? 벙어리가 아닌가고 의심할 만치 지저귀는 꼴을 볼 수가 없고 드나드는 꼴이 어딘지 서툴러 보이니 까치집에는 결국 까치가 울어야 까치집이랄 수밖에 없습디다.

음력 정2월에 까치가 마른 나뭇가지와 풀을 물어다가 보금자리를 둥그렇게 지어놓고 3, 4월에 새끼를 치는 것인데 뜻 아니한 침략을 받아 보금자리를 송두리째 빼앗긴다는 것입디다. 이 침략자를 강진 골에서는 '때까치'라고 이르는데, 까치가 누구한테 배운 것도 아닌 보금자리를 얽는 정교한 법을 타고난 것이라고 하면, 그만재주도 타고나지 못한 때까치는 남의 보금자리를 빼앗아 드는 투쟁력을 가질 뿐인가 봅니다.

알고 보면 때까치는 조금도 맹금류에 들 수 있는 놈이 아니요 다만 까치가 너무도 순하고 독하지 못한 탓이랍니다. 우리 인류의 도의로 따질 것이면 죄악은 확실히 때까치한테 돌릴 것이올시다. 그러나 이 한더위에 나무를 타고 올라가 구태여 때까치를 인류의 법대로 다스리고 까치를 다시 불러올 맛도 없는 일이고 보니 때까치도 절로 너그러운 인류의 정원을 장식하게 되는 것입니다.

그러나 만일 보금자리를 빼앗긴 까치 떼가 대거 역습하

여 와서 다시 탈환하는 꼴을 볼 수가 있을 양이면 낮잠이
달아날 만치[73] 상쾌한 통쾌를 느낄 만한 것입니다.

---

* 정지용. 『문학독본』. 박문출판사. 1948. 97~98면
73) '-만치'는 어미 '-ㄹ' 뒤에 쓰여 거의 어떤 정도에 미침을 뜻하는 옥천 방언.

체화棣華

꽃이 가지에 피는 것이 아니오리까? 가지뿐이 아니라 덩치에, 덩치에서도 아랫동아리 뿌리 닿는 데서부텀[74] 꽃이 피어 올라가는 꽃나무가 있습디다. 꽃이 가지에 붙자면 먼저 화병이 달리어야 하겠는데 어찌도 성급한 꽃인지 화판花瓣이 직접 수피樹皮를 뚫고나와 납족납족[75] 붙는 것이랍디다. 어린아이들 몸뚱어리에 만신滿身 홍역 꽃이 피

＊ 정지용, 『문학독본』, 박문출판사, 1948, 103면.
74) '부터'의 뜻인 옥천 방언. 주로 ' ~부터'는 어떤 일이나 동작이 처음 시작되는 때임을 나타내는 보조사.
75) '딱 들어붙는'이라는 의미의 옥천 방언.

듯 하는 꽃이니 하도 탐스런 정열에 못 견디어 빛깔마저 진홍眞紅이랍니다. 강진 골에서는 이것을 체화棣華라고 이르는데 꽃이 이운[76] 자리마다 열매가 맺어 달렸으니 완두콩 같은 알이 배였습디다. 먹기 위한 열매도 아니요 기름을 짜거나 열매를 뿌리어 다시 나무를 모종할 수 있거나 한 것도 아니겠는데 그저 매달려 있기 위한 열매로 보았습니다. 이와 같이 정열이 이운 자리에는 무슨 결실이 있을만한 일이나 대개 무의미한 결실이 이다지도 수다히[77] 주루루 따른다는 것은 나무로도 혹은 슬픈 일일수도 있을 것이요 사람에게도 이러한 비유는 얼마든지 볼 수 있지 않습니까? 체화나무에 맺는 열매는 모두 한 성性이라 한문으로 형제간을 상징하는데 이 체화나무를 쓰지마는 사람의 정열에서 맺는 열매는 흔히 성도 다를 수가 있으니 그것은 얼마나 슬픈 형제들이 오리까!

76) 진, 떨어진.
77) 수가 많게.

오죽烏竹·맹종죽孟宗竹

―남유南游 제오신第五信―

참꽃[78] 개꽃[79]이 한창 피명지명 하는 음력 2,3월에는 이
고장 사면산천四面山川에 바람꽃이 뿌옇게 피도록 소란한
바람을 겪어야 한답디다. 그 바람을 다 치르고 4월 그믐
께로 다가 들면 고은 햇볕과 부드러운 초하初夏 기후에 죽
순이 쭉쭉 뽑아 올라간답디다. 죽순도 어리고보면 해풍
도 잠을 재주어야만 잘도 자라는 게지요. 달포를 크면 평

---

* 정지용,『문학독본』, 박문 출판사, 1948, 104~105면.

78) '먹는 꽃'을 의미하며 '창꽃'이라고도 부르는 옥천 방언. 흔히 '진달래'를
   말함.

79) '참꽃'의 반의어로 '철쭉, 개참꽃'의 뜻인 옥천 방언.

생 가질 키를 얻는 참대나무가 자가웃 기럭지[80] 이전에는
능히 식탁에 올를만[81] 하다 합디다. 싱싱하고 연하고 향취
좋은 죽순을 너무 음식이야기에 맡기기는 아깝도록 귀하
고 조찰한[82]것이 아니리까?

   여리고 숫스럽게[83] 살찐 죽순을 이른 아침에 뚝뚝 꺾는
자미滋味란 견주어 말하기 혹은 부끄러운 일일지 모르나
손아귀에 어쩐지 쾌적한 맛을 모른 체 할 수 없다는 것은
시인 영랑永郎의 말입니다. 그러나 하도 많이 돋아 오르는
것이므로 실상 아무런 생채기가 아니나는 것이랍니다. 울
뒤 오륙백 평이 모두 대수풀로 둘리우고 빗소리 바람소리
를 보내는 댓잎새는 사시四時로 푸르른데 겨울에는 눈을
쓰고도 진득이 검푸르다는 것입디다. 참대 왕대. 검고 윤
이 나는 오죽烏竹. 동이 흐벅지게[84] 굵은 맹종죽孟宗竹. 하
늘하늘 허리가 끊어질듯 하나 그대로 견디어 천성天成으
로 동양화취東洋畵趣를 갖춘 시누대.[85]

---

80) '한 자(30.3cm) 정도의 길이'를 의미하는 옥천 방언.
81) '오르다. 수록되다. 놓이다'의 옥천 방언.
82) 깨끗한. 최동호 편저, 「정지용 사전」, 고려대학교 출판부, 2003, 287면.
83) '숫스럽다'의 부사형으로 '순진하고 어수룩하게'.
84) 두툼하게, 모자람 없이 넉넉하게.
85) '바닷가나 촌락 부근에 바람막이로 심은 작은 대나무' 김재홍 편저, 「한국
    현대시 시어사전」, 고려대학교 출판부, 2013, 677면.

석류石榴 · 감시甘柹 · 유자柚子

−남유南游 제육신第六信−

감이 가지에 열자 익기 전에 달기부텀 하는 감을 감시 甘柹라고 일컬으는데 이 나무가 현해탄을 건너 왔건마는 이 강진골에 와서도 잘도 자랍니다. 벌써 자하문 밖 능금 만큼씩 쥐염쥐염[86] 매달려 살이 붙었습니다.

석류石榴라면 본시 시디신 것으로 알아 왔드랬는데 이 곳 석류는 익으면 아주 달디 달 것이랍디다. 감류라고 이 릅디다.

＊ 정지용, 『문학독본』, 박문출판사, 1948, 106~107면.
86) '간신히 매달려'라는 의미의 옥천 방언.

벌써 6, 7세 된 아이들 주먹만큼이나 굵어졌으니 음력 팔월 중순이면 쩍쩍 벌어져 으리으리한 홍보옥紅寶玉같은 잇몸을 들어보인답니다. 유자나무를 맞댐해 보았더니 앙당하게 짙은 잎새가 진득이 푸르고 어인 가시가 그렇게 사납게 다닥다닥 솟은 것입니까. 괴팍스럽기는 하나마 격이 천하지 않은 나무로 보았습니다.

구렁이나 뱀이 허리를 감아 올라가면 이내 살지 못하고 말라버린다 합니다. 정렬貞烈한 여성과 같은 나무의 자존심을 헤아릴 수 없지 않습니까!

지리산 호랑이는 딱총을 맞아도 다만 더러운 총을 맞았다는 이유로 분사憤死한다는데 이곳 유자나무도 그러한 계통을 받은 것이나 아닐지. 열매가 익으면 향취가 좋고 빛깔이 유난히 노랗다 합니다.

맛이 좋아서 치는[87] 과실이 아니라 품이 높아서 조상을 위하는 제사에나 놓는다하니 뱀에 한번이라도 감기어 쓰겠습니까?

---

87) '인정하는'의 뜻인 옥천 방언.

다도해기 多島海記 1

이가락 離歌樂

　잠시 집을 떠나서 나그네가 되는 것이 흡사히[88] 오래간만에 집을 찾아드는 것과 같이 기쁠 수 있는 일이기도하다.

　집을 떠나는 기쁨! 그래도 집이 있고 이웃이 있고 어버이를 모시고 처자를 거나리는[89] 사람이라야 오직 가질 수 있는 기쁨으로 돌릴 수밖에 없다.

　가루 家累[90]라는 말을 쓰기로 하자. 가루에 얽매여 보지

＊ 정지용, 『문학독본』, 박문출판사, 1948, 108~111면.
88) 거의 같을 만큼 비슷함 또는 마치, 마치도.
89) '거느리는'의 뜻의 옥천 방언. '마누라 거나리고 어디가나?' 등으로 쓰임.
90) 집안의 여러 가지 잡일이나 근심 걱정 등의 번거롭고 잡사한 일.

못한 매아지[91] 같이 자유로울 수 있는 사람이 지금 형편으로는 미상불 부러웁기 그지없다.

허나, 내가 부러워하는 훗훗히 신세 편한 사람들이여, 집안일 나 모름세 하고 홀떨어 아내에게 처맡기고 물 따라 구름 따라 훌훌히 떠나가는 기쁨은 그대가 애초에 알 수가 없으리라.

라빈드라나트 타고르[92] 시에 이러한 뜻으로 된 것이 있었던 줄로 기억되는 것이 있으니, 어린 아기가 본래 초사흘달나라에서 아무것도 부족한 것이 없이 행복하였지만 어머니 무릎에 안기어 우는 부자유가 더 그리워 이 세상에 나려온 것이라는 것이다. 완전한 자유보다는 사랑에 사로잡히는 것이 더 즐겁다는 뜻으로 된 시다.

글쎄 내가 이 세상에 태어난 것도 타고르의 시풍으로 장식해야 할 것인지 아닌지 모르겠으나 가물음[93]에 무더운 골목길에 나서서 밤하늘에 달을 아무리 쳐다보아야 이러한 인도풍의 신비가 염두에도 오르지 아니한다.

---

91) 갓 태어났거나 아직 덜 자란 어린 말을 이르는 옥천 방언.
92) '라빈드라나트 타고르'(1861~1941)로 인도의 시인이자 철학자. 1913년 『기탄잘리』로 노벨 문학상 수상. 정지용은 젊은 시절 한 때 타고르에 심취되어 있었다고 전하고 있음.
93) '가뭄'의 뜻인 옥천 방언.

나는 마침내 생활과 가정에 흑노黑奴와 같이 매인 것이요, 가다가는 성급한 폭군도 되는 것이요 무슨 꼬임에 떨어져 나가듯이 며칠 동안은 고려할 여유조차 가지지 않고 빠져나가는 에고이스트로 돌변하는 것이다.

말하자면 집안에서 실상 에고이스트로서의 교양을 실행할 만한 사람이 나 이외에는 없는 것이다. 모기와 물것에 시달피면[94] 시달피었지 더위와 자주 성치 않은 어린아이들로 찢기면 찢기었지 잡았던 일거리를 손에서 털고 일어서듯 할 만한 사람이 나 이외에는 있지 않다. 먼저 아내로 예를 들어 말할지라도 집안에 내동댕이쳐 둔 살림 기구처럼 꼼짝 없이 집을 지키는 이외에는 집을 간혹 비워 두는 지식이 전혀 없다. 혹은 솔선하여 남편을 선동해서 어린것들과 가까운 거리의 해풍이라도 쏘임직도 한 것이 먼저 자기 해방의 일리一利가 되는 것인 줄을 도모지 모르는 것에 틀림없다. 나는 이것을 구태여 불행한 일로 생각지는 않게 되었다.

이리하여 내가 다도해를 거쳐 한라산에를 향하야 떠나던 전전날부터 대수롭지 않은 준비였으나 실상 아내가 나

---

94) 시달리다 : 괴로움이나 성가심을 당하다.

보다 더 바삐 굴던 것이다.

등산화를 꺼내어 기름으로 손질을 하는 둥 속셔츠를 몇 벌 새로 재봉침에 둘러내는[95] 둥 손수건감을 두루는 둥 등산복일지라도 빳빳해야만 척척 감기지를 덜한다고 풀을 먹여 다리는 둥 나가서도 자리옷[96]은 있어야한다고 고의적삼을 새로 박는 둥, 부산히 구는 것이었다.

운동구점에 바랑을 사러 나갔을 적에는 자진하여 따라 나서는 것이었다. 나그네 길을 뜨는 것이란 그 계획에서부터 어쩐지 신선한 바람이 부는 것이라. 등산바랑을 지기는 실상 내가 지고 가는 것이겠는데 그날은 어쩐지 아내도 심기가 구긴 데가 없이 쾌활히 구는 것이었다. 같이 나온 길에 종로로 진고개로 남대문으로 휘돌아온 것이었다. 데파트[97]에도 들리고 간단한 식사도 같이한 것이다. 그는 과언寡言인 편이긴 하나 그날은 상당히 말이 있었고 걸음도 가볍고 쾌하게 따르던 것이었다.

수학여행이나 등산에 경험이 아주 없는 그는 이리하야 그런 기분을 얼마쯤 찾을 수 있는 양으로 살피었던

---

95) 재봉틀에 돌려내다. 재봉질을 하여 박아내다.
96) 잘 때 입는 옷.
97) department store의 약어. 백화점.

것이다.

떠나던 날 밤은 하늘과 바람에 우정雨情[98]이 돋는데도 불구하고 구태여 열한 살 난 놈을 데리고 역에까지 나가 떠나는 것을 보겠다는 것이다. 몇 군데 알리면 우정[99] 나와서 여정을 화려하게 꾸미어 보내줄 이도 있었겠는데 아내가 하도 서두르는 바람에 그대로 그 뜻을 채워 주었던 것이다.

자리를 미리 들어가 잡아주며 강진까지 가는 생도 하나를 찾아 앞자리에 앉도록 하고 그리고 나가서 차창 앞에 서서 시간을 기다리는 것이었다. 귀ㅎ지 않다든지 고맙다든지 미안스럽다든지 가엾다든지 그러한 새삼스러운, 감정과 눈으로 그를 불빛 휘황한 플랫폼에 세워놓고 바라본 것은 아니었다.

그날 밤 그가 입었던 모시 백이치마가 입고 나서기에는 너무 굵고 억센 것이었고 빛깔이 보통 옥색일지라도 좀 더 짙을 수도 있지 않을까 생각되었다. 소나기가 쏟아질듯하니 어린것 다리고 어서 들어가라고 재촉하여 보내놓고

---

98) 비가 올 것 같은 기운.
99) '일부러'라는 옥천 방언.

도 기차가 떠날 시간은 아직도 남은 것이었다. 유리에 내려와 붙는 빗방울에 이마며 팔뚝을 내여 적시우는 맛은 서늘옵고 쾌한 것이니 이만한 빗발 같으면 밤새워 놋낫[100] 맞으며 자며 갈만도 하다고 생각할 때 호남선 직통열차는 11시 30분에 떠나는 기적을 길게 뽑던 것이었다.

---

100) 연이어 계속. '노끈을 드리운 듯 빗발이 굵고 곧게 뻗치며 죽죽 내리 쏟아지는 모양'이라는 뜻과는 다름.

다도해기 多島海記 2

해협병 海峽病 1

목포서 아홉시 반 밤배를 탔습니다. 낮배를 탔더라면
좀도[101] 좋았으리까마는 회사에서 제주 가는 배는 밤배
외에 내놓지 않았습니다. 배에 오르고 보니 제주 가는 배
로는 이만만 해도 부끄러울 데가 없는 얌전하고도 예쁜
연락선이었습니다. 선실도 각 등이 고루 구비하고도 청결
한 것이었습니다. 우리는 좀 늦게 들어갔더랬는데도 자리
가 과히 뵈줍지[102] 않을 뿐 아니라 누울 자리 앉을 자리를

---

* 정지용, 『문학독본』, 박문출판사, 1948, 112~113면.
101) '좁다'라는 뜻의 옥천 방언.
102) 뵈다 〔고어〕배다 : '빈틈이 없이 꽉 차다'와 '좁다'의 합성어로 '아주 비

넉넉히 잡았습니다. 바로 옆에 어떤 중년 가까이 된 부녀 한 분이 놀라웁게도 풀어헤트리고 누워있는데 좀 해괴하고도 어심에[103] 패씸한 생각이 들어 무슨 경고 비슷한 말을 건네어볼까 하다가 나그네 길로 나선 바에야 이만일 저만 꼴을 골고루 보기도 하는 것이란 생각이 나서 그만 잠자코 있었습니다. 등산복을 훌훌 벗어버리고 바랑 속에 지니고 온 갈포[104] 고의적삼으로 바꾸어 입고 나니 퍽도 시원했습니다. 10년 전 현해탄 건네어 다닐 적 뱃멀미 앓던 지긋지긋한 추억이 일기에 다짜고짜 드러눕고 다리를 폈습니다. 나의 뱃멀미라는 것은 바람이 불거나 안 불거나 뉘(파도)가 일거나 안일거나 그저 해협을 건널 적에는 무슨 예절처럼이라도 한통 치러야 하는 것이었습니다.

이번에도 멀미가 오나 아니오나 누어서 기다리는 체재 體裁를 하고 있노라니 징을 치고 호각을 불고 뚜 — 가 울고 하였습니다. 뒤통수에 징징거리는 엔진의 고동을 한 시간 이상 받았는데도 아직 아무렇지도 않았습니다. 선실에 누어서도 선체가 뉘(파도)를 타고 오르고 내리는 것을

좁음'을 이름.
103) 마음에.
104) 葛布. 칡의 섬유로 짠 베, 칡 베.

넉넉히 증험할 수가 있는데 그럴 적에는 혹시 어떤 듯하다가도 그저 그대로 참을만하게 넘어 가는 것입니다. 병중에 뱃멀미는 병중에도 연예병과 같은 것이라 해협과 춘청春晴을 건너가려면 의례히 앓을 만한 것으로 전자에 여긴 적이 있었는데 나는 이제 뱃멀미도 아니 앓을만하게 나이를 먹었나봅니다. 실상 그럴 수밖에 없는 것이 지금 내가 누워서 지나는 곳이 올망졸망한 무수한 큰 섬 새끼 섬들이 늘어선 다도해 위가 아닙니까. 공해가 아니요 바다로 치면 골목길을 요리조리 벗어나가는 셈인데 큰 바람이 없는 바에야 무슨 큰뉘가 일 것이겠습니까. 천성天成으로 훌륭한 방파림 끼고나가는데 멀미가 나도록 배가 흔들릴 까닭이 없었던 것입니다. 이러고 보면 누어있을 까닭이 없다고 일어날까하고 망설이노라니 갑판 위에서 통풍기를 통하여"지용! 지용! 올라와! 등대! 등대!"하는 영랑의 소리였습니다.(우리 일행은 영랑과 현구玄鳩, 나, 세 사람이었습니다). 한숨에 갑판 위에 오르고 보니 갈포 고의가 오동그라질 듯이 선선한 바람이 숱해도 부는 것이 아닙니까.

다도해기多島海記 3

해협병海峽病 2

아아! 바람도 많기도 하구나! 섬도 많기도 하구나! 그
저 많다는 생각 외에 없어서 마스트 끝에 꿰뚫리고도 느
직이[105] 기울어진 대웅성좌大熊星座를 보고도, 수로 만리를
비추고도 남을 달을 보고도, 동서남북 사위팔방을 보고
도, 그저 많소이다! 많소이다! 하는 말씀밖에는 아니나왔
습니다. 많다는 탄사가 내쳐 지당한 생각으로 변해서 그저
지당하온 말씀이올시다. 지당한 말씀이올시다 하였습니다.

---

* 정지용.『문학독본』. 박문출판사. 1948. 114~116면
105) 느직하게.

배는 과연 쏜살같이 달리는 줄을 알았사오며 갑판이 그다지 넓다고는 할 수 없으나 수백 인이라도 변통하여 앉을 수 있었습니다. 구석구석에 끼리끼리 모여 앉고 눕고 기대고 설레고 하는데 켈도[106]를 펴고 덮고 서로 자는 척하다가 나중에는 서로 훌틀어[107] 잡아 뺏는 장난을 시작하여 시시거리고 웃고 하는 패가 없나, 그중에도 단발머리에 유카다 입은 젊은 여자가 제일말괄량이 노릇을 하는데 무슨 철도국원 같은 청년 이삼 인이 한데 어울려 시시대는 것이었고, 어떤 자는 한편에서 여자의 무릎을 베고 시조를 듣고 있는 자가 없나, 옆에 붙어 앉아 있는 또한 여자는 어떠한 여자인지 대중할 수 없습니다. 차림 차림새는 살림하는 여자들 같으나 무릎에 사나이를 눕히고 노래를 부른다는 것이 아무리해도 놀던 계집에 틀림없었습니다. 장의자長椅子 위에 무릎을 꿇고 이마를 붙이고 달팽이처럼 쪼그리고 자는 다비[108] 신은 할머니도 있었습니다. 가다가 추자도에서 내린다는 소학생小學生들이 베개를 나란히 하고 케도를 덮고 있기에 나는 용서도 청할 것 없

---

106) 케토. 담요.
107) '손가락 등에 휘감아 꼭 붙드는 상태'를 이르는 옥천 방언.
108) '지카다비'로 작업화.

이 그 아이들이 덮은 케도자락 한옆을 잡아당기어 그 위에 누워서 하늘을 보기로 했습니다. 아이들도 괴이쩍게 여기는 것이 아니었습니다.

　이러는 동안에도 하도 많은 섬들이 물러가고 물러오고 하는 것 이었습니다. 달밤에 보는 것이라 바위나 나무라던지 어촌이나 사람을 짐작할 수 있는 것은 아니나 거뭇거뭇한 덩어리들이 윤곽이 둥긋둥긋하게 오히려 낮에 볼 수 없는 섬들의 밤 얼굴이 더 아름답지 않습니까. 그러나 하도 많은 것이 흠이 아닐까 합니다. 저 섬들이 총수撇數가 늘 맞는 것일지 제자리를 서로 바꾸지나 않는 것일지 몇 개는 하루아침에 떠들어 온 놈이 아닐지 몇 개는 분실하고도 해도 위에는 여태껏 남아 있는 것이 아닐지 모르겠으며 개중에는 무뢰한 도서島嶼들이 있어서 도적島籍에도 가입하지 않은 채로 연안에 출몰하는 놈들이 없지 않을까 합니다. 나는 꼭 바로 누워있는 나의 콧날과 수직선 위에 별 하나로 일점을 취하여 놓고 배가 얼마쯤이나 옮겨가는 것인지를 헤아려 보려고 하였습니다. 몇 시간을 지나도 별의 목표와 나의 시선이 조금도 어그러지는 것이 아니었습니다. 우리가 지구 위로 기어 다닌다는 것이 실상 우스운 곤충들의 놀음과 같지 않습니까. 그래도 우리

일행이 전속력을 잡아탔음에 틀림없는 것이, 한잠 들었다 깨였다 하는 동안에 뜀뛰기로 헤일지라도 기좌도[109] 장산도[110] 우수영[111] 가사도[112] 진도 새 섬을 지나지 않았겠습니까!

＊ 정지용. 『문학독본』. 박문출판사. 1948. 114~116면
109) 원래 동쪽의 安昌島(안창도)와 서쪽의 箕佐島(기좌도)의 2개 섬으로 이루어졌으나 1917년 이후 두 섬 사이 갯벌을 매립하여 현재의 안좌도가 됨.
110) 전라남도 신안군 장산면에 딸린 섬.
111) 조선 시대 수군절도사 군영의 하나. 해남에 전라 우수영, 통영에 경상 우수영을 각각 두었다.
112) 전라남도 진도군 조도면의 목포 생활 권역인 벽지 어촌.

다도해기 多島海記 4

실적도 失籍島

배가 추자도에 다다랐을 때 잠이 깨었습니다. 지지과地
誌科 숙제로 지도를 그리어 바칠 적에 추자도쯤이야 슬쩍
빼어 버리기로서니 선생님도 돗뵈기[113]를 쓰셔야 발견하
실까 말까 생각되던 녹두알만 하던 이 섬은 나의 소학생
적에는 시험점수에도 치지 않았던 것입니다. 이제 달도 넘
어 가고 밤도 새벽에 가까운 때 추자도의 먼 불을 보니 추
자도는 새벽에도 샛별같이 또렷한 것이 아니오리까! 종래

＊ 정지용, 『문학독본』, 박문출판사, 1948, 117~120면.
113) '돋보기'의 옥천 방언.

고무로 지워버리지 못하고 그대로 말은 이 섬에게 이제 꾸지람을 들어야 할까봅니다. 그러나 나의 슬픈 교육은 나의 어린 학우들의 행방과 이름조차 태반이나 잃어버렸는데도 너의 이름만은 이때껏 지니고 오지 않았겠나! 이 밤에 너의 기슭을 어루만지며 너의 곤히 잠든 나룻[114]을 슬치며[115] 지나게 된 것도 전생에 적지 않은 연분이었던 모양이로구나 하였습니다.

갑판에서는 떠들썩하고 희희거리던 사람들이 모두 깊이 잠들었습니다. 평생에 제주해협을 찾아오기는 코를 실컷 골기로 온양으로 생각되는 사람도 있었습니다. 어쩐지 나는 아까워서 눈을 다시 붙이고 잠을 청해올 수가 없었습니다. 배가 점점 가까이 다가감을 따라 섬의 불빛이 늘어서기를 점점 넓게 하는 것이 아니겠습니까. 섬에서도 전등불이 켜진 곳은 실상 그중에도 한 부분에 지나지 않을 것이요 그중에도 술과 담배나 울긋불긋한 뺨을 볼퉁히[116] 하고 있는 사탕개[117]나 사슴이나 원숭이를 그린 성냥갑이

---

114) 입가와 턱, 볼에 난 수염.
115) '생각하며'라는 옥천 방언.
116) '볼록하게'라는 의미의 옥천 방언.
117) '조그맣고 아주 못생긴 개'라는 뜻의 옥천 방언.

나 파는 집에 지나지 않을 것이니 선인船人과 어부들이 모여 에튀 주정하며 쌈하며 노름하며 반조고로하고 요망한 계집들이 있어 더한층 흥성스러운 그러한 종류의 거리에 뿐일 것이 아니겠습니까. 그 외에 개짐생[118]이나 나무나 할아버지 손자 형수 시동생 할 것 없이 불도 없이 검은 바닷소리와 히유스럼한[119] 별빛에 싸이어 자는 어촌이 꽤 널리 있을 것입니다. 어쩐지 성급하게도 배에서 뛰어나려 한숨에 기어올라 가보고 싶어지는 것이 아닙니까. 이상스럽게도 혀끝에 돌아가는 사투리며 들어보지 못한 민요며 연애와 비애에 대한 풍습이며 그러한 것들이, 어쩐지, 보고 싶어 하는 생각이 불 일듯 하는 것이 아닙니까. 설령 쫓아 올라가서 무턱대고 두들긴 문 앞에서 곤한 잠에서 부시시 일어나온 사나운 할머니한테 무안을 보고말음에 지나지 않을지라도 이 섬은 나의호기심을 모두 합하여 쭈그리고 있는 것입니다.

배가 바로 섬에 닿는 것이 아니라 상당한 사이를 두고 닻을 나리고 쉬는 것입니다. 노를 저으며 오는 적은 목선

들이 마침 기다렸었노란 듯이 몰려와서 사람을 내리우고 짐을 풀고 하며 새벽포구가 와자지껄하며 불빛이 요란해지는 것입니다. 웬 짐짝과 물화가 이렇게 많이 풀리는 것입니까. 또 실리는 물건도 많은 것입니다. 밤이라 섬의 윤곽을 도저히 볼 수 없으나 내가 소학생 적에 가볍게 무시하였던 그러한 절도絕島는 아닌 것이 틀림없습니다. 희뚝희뚝[120]하는 작은 목선에 실리어 섬으로 가는 젊은 여자 몇은 간단한 양장까지 한 것이었고, 손에 파라솔까지 가진 것이니 여자라는 것은 절도에서도 몸짓과 웃음이 유심히 사람의 눈을 끄는 것이 아닙니까. 그것이 더욱이 말썽스럽지 않은 섬에서 보니깐 더 싱싱하고 다혈적이고 방심한 것이 아니오리까. 밤에 보아도 건강한 물기가 듣는 듯한 얼굴에 웃음소리 말소리가 물결 위에 또랑또랑 울리며 가는 것입니다. 그러나 이 아닌 이른 새벽에 무엇이 그렇게 재깔거릴것이[121] 있는 것이며 웃을 거리가 많은 것입니까. 사투리는 사투릴 지라도 대개 알아들을 수 있는 말이며 짐 푸는 일군들의 노랫소리는 실상 전라도에서도 경

---

120) 곧 넘어질듯 이리저리 흔들리는 모양을 흉내 낸 의태어.
121) '떠들썩하게 이야기하며 또는 그런 것'이라는 뜻의 옥천 방언.

기도에서도 듣지 못한 곡조였으나 구슬프고도 힘차고 굳센 소리였습니다. 생활과 근로가 있는 곳이면 어디서든지 절로 생길 수 있는 노래 곡조인 것에는 틀림없습니다.

목선 한 척이 또 불을 켜들고 왔는데 뱃장 널빤지 쪽을 치어들고 보이는 것은 펄펄 뛰는 생선들이 아닙니까! 장어, 붉은 도미, 숭어 따위가 잣길이[122] 씩이나 되는 놈들이 우물우물하지 않습니까! 값도 놀랍게도 헐한 것입니다. 사라고 권하기도 하는 것이요 붉은 도미 흐벅진[123] 놈을 사서 갑판 위에서 회를 쳐서 먹고 싶은 것입니다. 독하고도 맛이 감치는 남도 소주를 기울이면서 말이지요. 눈이 초롱초롱하고 펄펄 살아 뛰는 놈을 보고서 돌연한 식욕을 일으키는 것은 사람의 본성이 아닐 수 없을 것입니다. 그러나 나의 절제로서 가볍게 넘기지 못할 그러한 맹렬한 식욕에 까지 이른 것도 아니니 그야 하필 붉은 도미에뿐이겠습니까? 이렇게 나그네 길로 나서고 보면 모든 풍경에 관한 것이나 정욕이나 식욕이나 이목耳目에 관한 것이 모두 싱싱하고 다정까지도 한 것이나 대개는 대단치 않은

---

122) 1자 = 30.3cm 길이.
123) 탐스럽고 두툼하여 부드러운.

절제로서 보내고 지나고 그리고 바로 다시 떠나가야 할
수밖에 없는 것입니다.

다도해기 多島海記 5

일편낙토 一片樂土

한라산이 시력 범위 안에 들어와 서기는 실상 추자도
에서도 훨씬 이전이었었겠는데 새벽에 추자도를 지내놓고
한숨 실컷 자고나서도 날이 새인 후에야 해면 위에 덩그
렇게 선연嬋娟히 허우대도 끔찍이도 크게 나타나는 것이
아닙니까! 눈물이 절로 솟도록 반갑지 않으오리까. 한눈에
정이 들어 즉시 몸을 맡기도록 믿음직스러운 가슴과 팔을
벌리는 산이외다. 동방화촉에 초야를 새우올 제[124] 바로

---

* 정지용. 『문학독본』. 박문출판사. 1948. 121~124면
124) 잠을 자지 않고 온 밤을 밝힐 때.

모신님이 수줍고 부끄럽고 아직 설어 겨울 뿐일러니[125] 그 님의 그 얼굴 그 모습이사 동창이 아주 희자[126] 솟는 해를 품은 듯 와락 사랑홉게 뵈옵는 신부와 같이 나는 이날 아침에 평생 그리던 산을 바로 모시었습니다. 이즈음 슬프지도 않은 그늘이 마음에 내려 앉어 좀처럼 눈물을 흘린 일이 없었기에 인제는 나의 심정의 표피가 호두껍질같이 오롯이 굳어지고 말았는가 하고 남저지[127] 청춘을 아주 단념하였던 것이 제주도 어구 가까이 온 이날 이른 아침에 불현듯 다시 살아나는 것이 아니오리까.

동행인 영랑과 현구도 푸른 언덕까지 헤엄쳐 오르려는 물새처럼이나 설레고 푸덕거리는 것이요, 좋아라 그러는 것이겠지마는 갑판 위로 뛰어 돌아다니며 소년처럼 히살대는[128] 것이요, 빽빽거리는 것이었습니다. 산이 얼마나 장엄하고도 너그럽고 초연하고도 다정한 것이며 준열하고도 지극히 아름다운 것이 아니오리까. 우리의 모륙母陸이 이

---

125) 수줍고 부끄럽고 아직 낯섦음을 이기지 못할 뿐이려니.
126) '밝아오자'의 옥천 방언.
127) '나머지'라는 의미의 옥천 방언. "남저지 공부를 하고 있냐?"처럼 쓰이고 있다.
128) 아이들이 아주 천진난만하게 뛰어다니며 (위험을 감지하지도 못하고) 노는 모습을 나타낼 때 쓰이는 옥천방언.

다지도 절승한 종선從船을 달고 엄연히 대륙에 기항하였던 것을 새삼스럽게 감탄하지 않을 수 없었습니다. 해면에는 아직도 야색夜色이 개이지 않았는지 물결이 개운한 아침얼굴을 보이지 않았건만 한라산 이마는 아름풋한[129] 자줏빛이며 엷은 보랏빛으로 물들은 것이 더욱 거룩해 보이지 않습니까. 필연코 바다 저쪽의 아침 해를 미리 맞음인가 하였으니 허리에 밤잔 구름을 두르고도 그리고도 그 위에 다시 훤칠히 솟아오릅니다.

배가 제주 성내 앞 축항 안으로 들어가자 큼직한 목선이 선부들을 데리고 마중을 나온 것이었습니다. 갑자기 소나기 한줄금[130]을 맞으며 우리는 목선에로 옮겨 타고 성내로 상륙하였습니다. 흙은 검고 돌은 얽었는데 돌이 흙보다 더 많은 곳이었습니다. 그러고도 사람의 자색은 희고도 아름답지 않습니까. 소나기 한줄금은 금시에 개이고 멀리도 밤을 새워 와서 맞는 햇살이 해협 일면에 부챗살 펴듯 하였습니다. 섬에도 놀라울 만치 번화한 거리가 있고 빛난 물화가 놓이고 팔리고 하지 않습니까. 그보다도

129) '아른거리며 연한'이라는 뜻의 옥천 방언.
130) '한줄기'라는 뜻의 옥천 방언. 아주 더울 때 "소나기 한줄금 지녔으면 좋겠다."로 쓰이고 있다.

눈이 새로 열리는 듯이 화안한[131] 것은 집집마다 거리마다 백일홍 협죽도가 한창 꽃이 어울리어 풍광의 밝음을 돋우는 것입니다. 귤이며 유자며 지자枳子[132]들이 모두 푸른 열매를 달고 있는 것이요 동백나무, 감나무, 석남石楠, 참대 들이 바다보다 푸르게 짙어 무르녹은 것입니다. 햇빛에 나의 간지러운 목을 맡기겠사오며 공기는 차라리 달아 혀에 감기는 것입니다. 꾀꼬리도 마을에 나려와 앉는데 초롱초롱한 울음을 자랑하는 것이 아닙니까. 가마귀 지저귐도 무슨 흉조로 들을 수가 없습니다. 그러나 토리土利[133]는 사람을 위하여 그다지 후한 것으로 생각되지 않았사오며 제주도는 마침내 한라 영봉의 오롯한 한 덩어리에 지나지 않는 곳인데 산이 하도 너그럽고 은혜로워 산록을 둘러 인축人畜을 깃들이게 하여 자고로 네 골을 이루도록 한 것이랍니다. 그리하여 사람들은 돌을 갈아 밭을 이룩하고 우마를 고원에 방목하여 생업을 삼고 그러고도 동녀童女까지라도 열길 물속에 들어 어패와 해조를 낚아 내는 것입니다. 생활과 근로가 이와 같이 명쾌히 분방

---

131) 환한.
132) 탱자.
133) 땅의 형태나 기운으로 얻어지는 이로움.

이 의롭게 영위되는 곳이 다시 있으리까? 거리와 저자에 넘치는 노유老幼와 남녀가 지리와 인화로 생동하는 천민들이 아니고 무엇이오리까. 몸에 깁을 감지 않고 뺨에 주朱와 분을 바르지 않고도 지체와 자색이 전아典雅 풍염豊艶하고 기골은 차라리 늠름하기까지 한 것이 아니오리까. 미녀가 구덕과(제주 여자는 머리로 이는 일이 없고 구덕이라는 것으로 걸빵하여 진다)지개를 지고도 사리고 부끄리는[134] 일이 없습니다. 갈포葛布나 마포麻布 토산土産으로 적삼과 치마를 지어 입되 떫은 감물(시즙屍汁)을 물들여 그 빛이 적토색과 다를 데가 없습니다. 그러나 그것이 도리어 흙과 비에 젖지 않으며 바다와 산에서 능히 견딜 수 있는 것이니 예로부터 도적과 습유拾遺[135]가 없고 악질과 음풍이 없는 묘묘杳杳한 양상洋上 낙토에 꽃과 같이 아름다운 의상이 아니고 무엇이오리까.

＊ 정지용.『문학독본』. 박문출판사. 1948. 121~124면
134) 부끄러워하다.
135) 남이 잃어버린 물건을 줍거나 집어 가짐.

다도해기 多島海記 6

귀거래歸去來

해발 1950미돌米突[136]이요 리수로는 육십 리가 넘는 산 꼭두에 천고의 신비를 감추고 있는 백록담 푸르고 맑은 물을 고삐도 없이 유유자적하는 목우들과 함께 마시며 한나절 놀았습니다. 그러나 내가 본래 바다 이야기를 쓰기로 한 것이오니 섭섭하오나 산의 호소식好消息은 할애하겠습니다. 혹은 산행 일백 이십 리에 과도히 피로한 탓이나 아니올지 내려와서 하룻밤을 잘도 잤건마는 축항 부

---

* 정지용, 『문학독본』, 박문출판사, 1948, 125~129면. 이 책에는 '多島海(다도해)記(기)'가 아닌 '多島海(다도해)話(화)'로 특별히 적고 있다.
136) 미터.

두로 한낮에 돌아다닐 적에도 여태껏 풍란의 향기가 코에 아른거리는 것이요 고산식물 암고란 열매(시레미)의 달고 신맛에 다시 입안이 고이는 것입니다.

깨끗한 돌 위에 배낭을 베개 삼아 해풍을 쏘이며 한숨 못잘 배도 없겠는데 눈을 감으면 그 살찌고 순하고 사람 따르는 고원의 마소들이 나의 뇌수를 꿈과 같이 밟고 지나며 꾀꼬리며 휘파람새며 이름도 모를 진기한 새들의 아름다운 소리가 나의 귀를 소란하게 하는 것이 아닙니까. 높은 향기와 아름다운 소리는 어진사람의 청덕清德 안에 갖추어 있는 것이라고 하면 모든 동방의 현인들은 저윽이 괴로운 노릇이었을 것이, 내가 산에서 내려온 다음날 무슨 덕과 같은 피로에 견딜 수 없는 것으로 눌러 짐작할 듯하옵니다. 해녀들이 일할 때를 기다리다 못하여 해녀 하나를 붙들고 물속엘 들어 뵈지 않겠느냐고 하니깐,

"반 시간 시민 우리들 배타그넹애[137] 일하레 가쿠다[138]."

우리 서울서 온 사람이니 구경 좀 시키라니깐,

137) '-그넹에' 둘 이상의 동작이나 상태를 말할 때 앞에 나온 용언 어간에 붙은 -아, -어, -여, -라에 연결되어서 장차 할 그 동작을 나타냄. 제주문화예술재단, 『제주어사전』, 제주특별자치도, 2009, 106~107면.
138) '-쿠'에 연결되어 '합쇼'할 자리에서 화자의 의도를 또는 그 사태에 대한 추측을 단정하여 나타내는 종결어미. 제주문화예술재단, 위의 책, 211면.

"구경해그냉애 돈 주쿠강?"

돈을 내라고 하면 낼 수도 있다고 하니깐,

"경하민 우리 배영 갓찌 탕앙 가쿠가?"

돈을 내고라도 볼 만한 것이겠으나 어쩐지 너무도 Bargain's bargain(매매계약)적인 데는 해녀에 대한 로맨티시즘이 엷어지는 것입니다. 그리고 그를 따라 배를 타고 가다가는 여수 가는 오시午時 배를 놓치고 말 것이 아닙니까.

우리는 축항을 달리 돌아 한편에서 해녀라기보다는 해소녀 일단을 찾아냈으니 호-이 휘파람소리(물속에서 나오면 호흡에서 절로 휘파람 소리가 난다)에 두름박을 동실동실 띄우고 푸른 물속을 갈매기보다도 더 재빨리 들고 나는 것입니다.

제주에 온 보람을 다 찾지 않았겠습니까. 물속에 드는 시간이 대개 2,30초가량이요 많아야 1분 동안인데 나올 적마다 청각, 미역, 소라 등속을 홈켜들고 나오는 것입니다. 그러면서 떠들며 이야기하며 하는 것이니 우리는 그들이 뭍에로 기어 올라오기를 기다리고 있었던 것입니다. 십육칠세 쯤 되어 보이는 해녀들이 인어와 같은 모양을 하고 올라오는 것입니다. 잠수경을 이마에 붙이고 소중의(잠수의)[139]로

---

139) '속곳'의 제주 방언.

간단히 중요한데만 가린 것에 지나지 않았으나 그만한 것으로도 자연과 근로와 직접 격투하는 여성으로서의 풍교 풍교風敎에 책잡힐 데가 조금도 없는 것이요 실로 미려하게 발달된 품이 스포츠나 체조로 얻은 육체에 비길 배가 아니었습니다. 그리고도 천진한 부끄럼을 속이지 못하여 뺨을 붉히는 것입니다. 우리는 그중에 한 소녀를 보고 그것(잠수경)을 무엇이라고 하느냐고 물으니깐 "거 눈이우다." 안경을 "눈"이라고 하니 해녀는 눈을 넷을 갖고 소라와 전복과 조개가 기어다니며 미역과 청각이 푸르고 산호가 붉은 이상스런 삼림 속으로 하루도 몇 차례 씩 내려가는 것입니다. 하도 귀엽기에 소녀의 육안을 손고락[140]으로 가르치며 저 눈은 무슨 눈이라고 하노 하니깐,

"그 눈이 그 눈이고 그 눈이 그 눈 입주기 무시거우깡?"

소녀는 혹시 성낸 것이나 아니었을까? 그러나 내가 웃어버리니깐 소녀도 바로 웃었습니다. 물론 물에서 금시 잡아 내온 인어처럼 젖어 서서 있는 것이었습니다. 소라와 같이 생기었으나 그보다 적은 것인데 꾸정이라고 이릅니

---

140) '손가락'의 옥천 방언.

다. 하나에 얼마냐고 물으니,

"일전마씸."

이것을 어떻게 먹는 것이냐고 물으니,

"이거 이제 곧 깡먹으면 맛 좋수다."

까주기만 하량이면 반듯이 먹으려고 벼르고 있노라니 소녀는 돌멩이로 꾸정이를 깨어 알맹이를 손톱으로 잘 발라서 두 손으로 공순히 바치며,

"얘—이거 먹읍서."

맛이 좋고 아니 좋고 간에 우리는 얼굴을 찡그리어 소녀들의 고은 대접을 무색하게 할 수가 없었습니다. 헤엄치며 있던 소년 하나이 소녀의 두름박을 잡아다리어 가지고 물로 내동댕이치며 헤어 달아나는 것입니다. 소녀는 사뿟 내려서더니 보기 좋게 다이빙 자세로 뛰어들어가 몇 간통이나 헤어서 소년을 추적해 잡아가지고 발가벗은 등을 냅다 갈기며,

"이놈의 새끼 무사경 햄시니!"[141]

하도 통쾌하기에 손뼉을 치며 환호하였더니 소녀는 두름박을 뺏어 끼고 동실거리며,

---

141) '왜'. 제주문화예술재단, 『제주어사전』, 제주특별자치도, 2009, 381면.

"무사경 박수 첨시니?"

물에서는 소년이 소녀의 적수가 될 수 없는 것이었습니다. 그야 우리도 바다와 제주 처녀의 적수가 애초에 될 수 없었기에 다시 연락선을 타고 이번에는 여수로 향로를 잡지 않았겠습니까. 다도해 중에도 제일 아름답고 기절奇絶한 코스로 들어 다도해의 낮과 황혼과 새벽과 아침을 모조리 종단하면서 브라보!

Ⅳ

화문행각 畵文行脚

화문행각畵文行脚 1

선천宣川 1

천북동川北洞 뒤가 대목산大睦山, 눈 위에 낙엽송이 더욱
소조하야 멀리보아 연기에 쌓인 듯하다. 이 산줄기가 좌우
로 선천읍을 회동그라니 싸고돌아 다시 조그만한 내를 흘
리어 시가지 중앙을 꿰뚫었으니 서남에서 동북으로 흐른다.

삼동三冬내 얼어붙은 냇물도 제철엔 제법 수세水勢 좋게
흘러 차라리 계곡수답게 차고 맑기까지 하다. 그러나 청
천강 줄기같이 큰물이라곤 없는 곳이 들이랄 것이 없어
안옥한 분지로 되었다. 겨울에 바람은 없지만 여름에 무

＊ 정지용.『문학독본』. 박문출판사. 1948. 130~132면

더위가 심한편이요 아침에 밥들 지어먹은 연기가 열한시 열두시까지 서리고 있어 빠져나갈 틈이 없다니 이골 사람들이 자칭 산골 사람이로라고 하는 것도 그저 겸사의 말도 아닌가 한다.

그러나 호수로 4천이 넘고 2만 인구가 호흡하는데 초가라곤 별로 없고 기와집 아니면 양옥이다. 산골에서 여차직하면 양옥을 짓고 사는 이곳 사람들은 첫눈에 북구인 같은 심중한 기질을 볼 수 있다. 별장지 대풍의 소비적 소도시인지라 소매 상가를 지날 때 양식식료품, 모사毛絲 의류, 화장품, 약품, 과자 등이 어덴[142]들 없을까 잡다하다느니보다 많은 진열 배치된 폼이 착실하기 Quality street 다운 데가 있으니 물건 팔기위한 아첨이라든지 과장하는 언사를 들을 수 없고 등을 밖으로 향하야 앉아 성경 읽기에 골독하다[143]가 손님이 들어서면 물건을 건네고 돈을 받은 후에 별로 수고로운 인사도 없이 다시 돌아앉아 책을 드는 여주인을 볼 수 있는 것이 예사다.

장로교가 거진 풍속화 하였다는 것을 이 일단으로도

---

142) '어디'라는 장소를 나타낼 때 쓰는 옥천 방언.
143) '한 가지 일에만 생각을 다하여 여념이 없다'는 뜻의 '골똘하다'의 원말.

짐작할만하니 내가 새삼스럽게 장로교 경영의 남녀 학교라든가 병원, 양로원, 고아원이라든가를 열거해야만 할 것도 없이 선천은 사회시설의 모범지이다. 개인으로 공회당, 도서관, 학관을 겸한 선천회관을 제공한 이가 없겠나 동, 서, 남, 북 교회 등 4대 예배당이 읍을 4 소교구로 분할하여 주사酒肆 청루靑樓에 배당한 토지가 없이 되었다. 더욱이 남교회라는 예배당은 거대한 이층 연와건축인데 일천 수백 명을 앉힐만한 홀이 2개가 있다. 1소교구의 신도의 각자 의연義捐으로 된 인데 건축 경비 6만 원이란 거액이 어떠한 방법으로 판출辦出되었는가 하면, 일례를 들건대 월급 50원에 가족을 거느리는 신도가 일구一口 50원을 의연하되 불과 3,4삭에 완납하였다.

남교회 건축에 관한 부채는 깨끗이 청산되고도 여유가 있었다. 여자 사회가 얼마나 발달되었는지 청년회 합창대 등은 물론이고 춘추로 그네뛰기와 때로 대회를 열되 순연히 여자만으로서 주최하며 시어머니 며느리가 2인3각으로 출전하여 우승하였고 상품으로 평안도 놋 쟁반 크다마한[144]것을 탔다고 했다.

---

144) '커다란'의 옥천 방언.

화문행각畫文行脚 2

선천宣川 2

동백나무도 이곳에 와서는 방에서 자란다. 이중 유리창
으로 눈빛이나 햇빛을 맞아들이게 밝은 네 칸 올돌 안의
동백나무는 자다가 보아도 새록히도 푸르고 참하다.

분에 심기어 가지가 다옥다옥 열리운 것이 적은 반송盤
松과 같아서 나무로 치면, 사철 푸르다느니 보다 사철 어
린애로 있다. 나는 동백나무의 나이를 요량할 수 없다.

나무의 나이를 묻는다는 것이 혹은 글자나 하는 사람
의 쑥스런 언사이기도 하려니와 실상은 동백나무와 키가

---

* 정지용. 『문학독본』. 박문출판사. 1948. 133~135면

나란한 은희가 올해 몇 살에 났는가를 이름보다도 먼저
알았다.

은희가 인제 네 살에 나고 보면 동백나무도 키가 같다
할지라도 네 살에 났다고 하면 억울할 것이다. 혹은 곱절
이거나 10년이 우일는지도 모른다. 군가지가 붙는 대로
가위로 가다듬고 보니 몸맵시가 어리어 은희와 같이 나무
가 사철 어린아이로 있는 것이니 은희가 옆에 서거나 앉
거나 할 때 은희는 눈이 더욱 까만 꾀꼬리가 된다. 검은
창이[145] 유난히도 검은 눈이 쌍꺼풀지고 속눈썹이 길다.
웃으면 입가가 따지어 보면 정제한 것이 어떻게 보면 야긋
이 기웃해지며 눈자위는 조금 들어가는가 싶다. 쫑쫑 들
어박힌 무슨 씨갑씨[146]와 같은 이쪽마다 가장자리에 까무
잡잡한 선이 인공적으로 돌린 것 같다. 어린 콧나루가 족[147]
선 것이 벌써 서도 여성으로서 조건이 선명한데 아직 혀
를 완전히 조종할 줄 모르는 사투리는 서도에서도 다시
사투리 맛이 난다.

아무나 보고도 옙 할 까닭을 모르는 권리를 가진 은희

---

145) 검은 눈동자가.
146) '씨앗'의 뜻인 옥천 방언.
147) '반듯하게 줄지어'의 옥천 방언.

는 큰아바지 보고나 서울선생님을 보고나 자기의 친절이
즉시 시행되지 않는 경우에는 "그르카래는데 와 그네!"
하며 조그만 군조軍曹처럼 질타한다. 째랑째랑 산뜻산뜻
한 이 어린 군조한테 우리는 복종한다. 이른 아침 자리에
서 일기도 전에 은희가 가져오는 꽁꽁 얼은 사과를 명령
적으로 먹게 되는 것이니 먹이고 나선 "사과가 제 혼자 절
루 얼었다"는 것이요 "서울은 가서 멀 하갔네, 그림책 보
구 여게서 살다"하면 우리는 훨씬 예전의 우리의 '교과서'
를 펴고 일일이 경청해야 하며 그리고 대답해야 한다.

그러고 보니 동백나무는 역시 나이가 들어 보이는 것이
나이가 들지 않고서야 이렇게 검도록 짙푸를 수야 없다.

은희가 노큰마니한테로, 중큰마니한테로, 큰아버지한
테로, 서울 선생님한테로, 왔다 갔다 하며 좋아라고 발하
는 소리가 '소프라노'의 끝까지 올라간다.

동백나무도 보스락 보스락거리는가 하면 창밖에는 며
칠째 쌓인 눈 위에 다시 쌀알 눈[148]이 내린다.

중큰마니가 돌리시는 물레소리에 우리는 은은한 먼 춘
뢰春雷를 듣는다. 우루룽 두루룽.

---

148) '쌀알처럼 생긴 좀 입자가 일반 눈보다 단단한 눈'이라는 옥천 방언.

화문행각畵文行脚 3

선천宣川 3

노큰마니는 중큰마니의 친정오마니시요 중큰마니는 은희의 친큰마니가 되신다. 노큰아바지도 중큰아바지도 예전 이야기에서나 있으신 듯이 은희는 모른다. 노큰마니 한 분은 평양서 사시다가 사리원 큰 아바지한테 가셔서 지나신다. 사리원 노큰마니는 중큰마니의 시오머니가 되신다. 사리원에도 노큰아바지도 중큰아바지도 아니 계신다. 이리하야 본가로나 진외가로나 장증손長曾孫 은희는 사리원서 보아도 반짝반짝 하는 한 개 별이요 선천서 보아도 한 개 별

＊ 정지용.『문학독본』. 박문출판사. 1948. 136~138면

로 반짝반짝 한다. 은희가 자기의 계보적 위치를 알기에는 산술 배우기보담 어렵겠으므로 나는 일부러 이렇게 수수께끼처럼 하여 서울선생님을 데불고[149] 오신 서울 큰아바지는 은희의 아바지의 삼촌 작은아자씨가 되시고 사리원 큰아바지는 삼촌 둘째 아자씨가 되시는 것을 일러두고 그친다.

은희가 양력으로 네 살에 나니깐 음력으로 아직도 세 살이다. 그러나 음력 설 때에는 양력 설 때보다 더 자라 있을 것이다. 그렇게 보면 이제부터 미구에 동백나무의 키를 지나고도 훨씬 어른이 될 날도 볼 것이 아닌가. 식물에도 무슨 심리가 있다고 하는데 나는 동백나무가 어느 때 슬프고 않은 것을 관찰할 수가 없다. 혹은 외광과 불빛의 관계겠지마는 동백나무가 그저 검푸러 암담한 모습을 할 때와 잎새마다 반짝반짝하는 눈을 뜨듯이 생광이 되는 적이 있는 것을 본다. 암담한 빛을 짓는 때는 우리는 심기가 완전히 쾌한 날이 아니기도 하야 은희의 현관 옆 양실에 가서 난로에 통나무를 두드룩히[150] 피우고 붉은 불빛에 얼굴을 달구며 유리창에 내리는 함박눈을 본다.

---

149) '모시고, 데리고'의 옥천 방언.
150) '두둑하게 많이'라는 옥천 방언.

어느 날 오후에 은희가 잠이 들었을 때 우리는 차를 타고 의주 안동을 지나 오룡배五龍背까지 갔다. 하루 후에[151] 낙영 군이 뒤를 따라와서 전하는 말이 은희가 잠을 깨고 나선 우리가 없어진 것을 발견하고 노발하야 노큰마니한테 가서 울고 중큰마니한테 가서 울고 달랠 도리가 없었더라는 것이다.

내말이 맞았다. 선천서 신의주까지 낮에도 램프 불을 켠 차실車室 안에서 아무래도 은희가 잠이 깨서 몹시 울었으리라고 한 것이 맞고 말았다.

국경 근처로 일주일간이나 돌아다닐 제 우리는 노상 은희 말을 하였다. 돌아오는 길에 선천에 다시 들린 것은 반드시 들려야 할 것은 아니었다.

현관까지 뛰어나오며 환호하는 은희는 뛰고 나는 것이 한 개의 난만한 조류가 아닐 수 없었다. 우리는 은희를 천정 반자까지 치어들어 올리었다.

동백나무도 이 저녁에는 잎새마다 순이 트이고 불빛도 유난히 밝은데 우리들의 식탁은 잔치와 같이 즐거웠고 떠들썩하기까지 한 것이었다.

---

151) 하루 후에.

화문행각 畵文行脚 4

의주義州 1

영하 25도 되는 날, 버스 안에서 발이 몹시 어는 것을 여간 동동거리는 것으로서 견딜 것이 아니었다. 버스에서 내리는 즉시 통군정 언덕배기를 구보로 뛸 작정으로 한 시간 이상 발끝을 배빗배빗 하노라니 이건 심술궂기가 시골 당나귀로구나. 앞뒤 궁둥이가 모조리 뛰어 오르는가 하니 몸은 천정을 떠받고 찡그린다.

물 건너서는 재채분한[152] 산이랄 것도 없는 것들이 가로

---

* 정지용, 『문학독본』, 박문출판사, 1948, 139~141면.
152) '높고 우람하지 않은 기상'을 의미하는 옥천 방언.

걸쳐 실상 만주 벌판이 어떻다는 것을 모르겠더니 신의
주로부터 의주 가까이 오는 동안에 과연 대륙이라는 느
낌이 답새[153]온다. 끔찍이도 넓다. 그러나 사하진서부터 오
룡배 근처처럼 지긋지긋이 쓸쓸해 보이지 않는다.

　조선 초가집 지붕이 역시 정다운 것이 알아진다. 한데
옹기종기 마을을 이루어 사는 것이 암탉 둥저리[154]처럼 다
스운 것[155]이 아닐까. 만주벌은 5리나 10리에 상엿집 같은
것이 하나 있거나 말거나 하지 않았던가. 산도 조선 산이
곱다. 논이랑 밭두둑도 흙빛이 노르끼하니 첫째 다사로운
맛이 돈다. 추위도 끝닿은데 와서 다시 정이 드는 조선 추
위다. 안면 혈관이 바작바작 바스러질 듯한데도 하늘빛이
하도 고와 흰 옷고름 길게 날리며 펄펄 걷고 싶다.

　우리가 노상 새 옷 입고 싶은 것도 강 한 줄기로 사이를
갈러 산천풍토가 이렇게도 달라지는 까닭에 있지 않을지.

　발끝이 거진[156] 마비되는가 할 때, 머리는 잠깐 졸을 수
있을 만치 우리 여행은 그만치 짐 될 것이 없었던 것이다.

---

153) '바로, 금방'이라는 뜻의 옥천 방언.
154) '짚으로 크고 두껍게 엮은 둥우리'의 옥천방언.
155) 따뜻한 것 혹은 따뜻하고 정다운 곳.
156) '거의'라는 뜻의 옥천 방언.

지난밤 물 건너 신시가에서 글라스 폭격을 감행한 패기가 이제사 다소 피곤을 느낄 만할 때 우리는 흔들리며 뛰며 그리고도 닭처럼 졸아 징징거리는 엔진 소리에 잠시 견딜만 하였던 것이다.

머리가 저윽이 가뿐하여 지는 것을 느끼며 남문을 들어서 나직나직한 기왓골이 이랑지에 흐르는 거리에 섰다.

단숨에 통군정에 오르자던 것이 낙영이가 앞을 서서, 의주 약방 집 빨갛게 익은 난로를 돌라앉아[157] 발을 녹이던 것이었다.

주인집 '체네'는 참 미소녀라고 감탄한 것이 낙영이 한 훤寒喧으로 소녀가 아니라 젊은 주부인 줄을 알았다.

주부는 바로 문을 닫고 들어가고 우리 몸은 충분히 더웠다. 나머지 시간이 바쁘게 원 그렇게 어리어 보일수가 있는가고, 길吉[158]의 놀라함은 정식으로 발표되었다.

검정 두루막 입은 주인이 들어왔다. 인사도 채 마치기전에 전화통에 붙어 서서 방에 불이나 따끈따끈히 지펴 놓고 그리고 어찌어찌 하라는 지휘인 모양인데 일이 벌어지

---

157) '둘러앉아'로 쓰이는 옥천 방언.
158) 길진섭.

는 모양이로구나 하는 생각 뿐으로서 나는 그저 잠잠하였다.

통군정에 길은 흥미를 갖지 아니한다. 멀리도 일부러 찾아와서 통군정에 오르기는 어서 내려가자고 재촉하기가 목적이었던지 나야 그럴 수가 없었고 또한 관찰한 바가 비범한 바가 없지도 않았으나 구련성九連城 넘어 달려 오는 설한풍을 꾸짖어가며 술회하기에는 코가 부어지는 것이요 단작스런 글씨 쪽들이 실상은 낙서감 어리도 못되는 것을 업수이 여기고 내려왔으나 지나 대륙에 향하야 구멍을 빼꼼히 뚫어 놓고 심장이 그다지 놓이지 못하였던 서문을 활 한바탕쯤 되는 거리에 두고 아니 보고 온 것을 이제 섭섭히 여긴다.

화문행각 畵文行脚 5

의주義州 2

"오호, 끔즉이 춥수다이!"하며 들어서는 아이의 이름이 추월이라는 것을 알았다. 귀가 유난히 얼어 붉었는데 귓볼이 홍창[159] 익은 앵두처럼 호므라져[160] 안에서 부터 터질까 싶다. 그림이나 글씨 한 점 없는 백로지로 하이얗게 바른 이 방안에 추월이는 이제 그림처럼 앉았고 그리고 수줍다.

술이 언 몸을 골고루 돌아가기에 얼마쯤 시간이 걸리

---

* 정지용.『문학독본』. 박문출판사. 1948. 142~145면
159) '(과일)이 익을 대로 익어 흐무러질 정도'의 뜻인 옥천 방언.
160) '장 익어서 무르녹거나 물크러져'의 뜻인 옥천 방언.

는 것이었던지 아직도 잔이 오고 가기에 저윽이 뻐근한 의무 같은 것을 느낄 뿐이요 농담이라거나 우스개가 잔뜩 호의를 갖추고 팽창할 따름으로 활시위에서 활이 나가기 전 상태에서 잔뜩 겨누고 있을 때

"추월아, 넌 고향이 어디냐?"

"넝미嶺美 웨다."

"언제 여기 왔어?"

"7월에 왔시요."

7월에 온 추월이는 방이 더워 옴을 따라 귓볼이 녹아 만지기에 따끈따끈하나 빛깔이 눈 위에 걸어온 그대로 고은 것이 가시고 말았다.

"추월아 나 밖에 나가서 다시 얼어 오렴아."

추월이가 웃는 외에 달리 무슨 말이 없었을 때 차차 웃음소리가 이야기를 가져오고 화선이 마자 추위를 부르짖으며 들어와 예禮하며 앉는다.

의주 약방 주인 김 군이 검정 두루막을 벗어 화선이가 일어나 걸었다. 김이 서리고 훈기가 돌고 방이 차츰 따끈따끈하여질 때 들어오는 병 수가 점점 늘어간다. 아까 길吉의 명함이 나가는가 하였더니 '유도 4단'이 '자(字)'처럼 불리어지는 최 군과 나이 삼십에 웃으면 여태껏 볼이 옴

식옴식 패이는 얼굴이 여자보다도 흰 장 군이 들어온다. 한훤寒喧과 폭소가 어울리어 갑자기 자리가 흥성스러워 지자 종시 시치미를 떼고 앉았던 길이 사동을 시키어 미리 사 두었던 신의주까지 당일 행 자동차 표를 물러보기로 한다.

순배가 한 곳으로 몰린다. 화선이의 말문이 열리기 위하야 우리는 수종을 들어야한다. 길의 스케치북이 화선이 손에 옮기어 갔을 때 화선이는 첫 장부터 끝까지 열심스럽다. 물 건너 '왕리메王麗妹'[161]를 그린 여러 폭의 '크로키'가 펼쳐진다.

"화선이 말 좀 하라우 애!"

"아니 데 센상님 이거하고 삽네까?"

길이 일탄을 받고 어깨를 흔들며 웃었다.

"이거하고 살다니?"

화선이가 저윽이 당황하여졌는가 하였을 때 뺨이 붉어지기 전에 웃음이 얼굴을 흩트리며

"내레 언제 그랬습네까? 센상님 직업이 무어시과? 그르

---

161) 정지용, 『문학독본』, 박문출판사, 1948, 144면 표기에 따름. 김학동 편, 『정지용 전집2 산문』, 민음사, 2005, 97면은 「왕리메」(왕려매王麗妹)로 표기되어 있음.

는 말입습디예!"

화선이가 도사리고 앉은앉음새가 새매[162]와 같았던 것이 빨리도 완화되자 김 군의 교묘한 사식司式으로 주기酒氣가 바야흐로 난만에 들어간다.

짠지에 분디[163]를 싸서 먹는 맛을 추월이가 아르켜[164] 주었다.

분디는 파릇한 열매가 좁쌀알만 할까 한 것이 아릿하기도 하고 맵싸하기도 하여 싸늘한 향취가 어금니를 지나 코로 돌아 나올 때 창밖에 찢는 듯한 바람소리의 탓일지 추운 듯 슬픈 듯한 향수와 같은 것까지 느끼는 것이었다. 감상이라는 것이 무형한 것이기에 어느 때 어느 모양으로 엄습하여 오는 것일지 보증할 바이 아니겠으나 혹은 내가 한데 몰리어 오는 잔을 좌우수左右手에 받치어 들고 울 듯하고도 즐거운 것이 아닐 수도 없다.

"개뿔따귀 개저오라구 그래라 애!"

"한마디 듣자꾸나 애!"

서창 미닫이 유리쪽에 성애가 나머지 햇살을 받아 처

---

162) 매과에 속하는 새로 암컷은 '익더귀' 수컷은 '난추니'라 함.
163) 산초나무 열매를 '산초' 또는 '분디'라 함.
164) '알려'라는 옥천 방언.

참하기까지 하고 옆에 붙은 국엽菊葉은 투명하도록 파릇한 빛이 살아 오른다. 장고를 '개뿔따귀'라고 치며 기개氣槪를 돕기에는 아직도 일다.

화문행각畫文行脚 6

의주義州 3

자리를 옮기기로 하여 골목길을 걸어 마을 가듯 할 수 있는 것이 즐거웁다. 이제는 추위를 대수롭게 여기지 않을 만치 되었고 서로 스서러워[165] 아니하여도 좋게 되었다. 스서러울 것이 없을 만치 되기까지가 실상은 그다지 많은 시간이 걸리는 것이 아닌 것이 우리 틈에 걷는 화선이는 막내 누이처럼 수선을 떨기 시작하기가 어렵지 않았다. 입으로 왕성한 흰 증기를 뿜을 수 있는 나머지에 점

＊ 정지용, 『문학독본』, 박문출판사, 1948, 146~149면.
165) '낯설어 어색하지'라는 뜻의 옥천 방언.

점 "오오! 치워"할 뿐이지 소한小寒 바람에도 뺨을 돌려 대기가 그다지 싫지 않다. 그러고 눈 위에 다시 달을 밟으며 이야기소리는 낭랑히 골목 밤을 울리며 간다. 시골 대문이란 잘 때 닫는 것이라 무심코 눈을 돌리어도 길 옆집 안방 건너방 영창에 물 들은 불빛을 볼 수 있다. 우리에게 훨씬 익은 생활이 국경거리에서 새삼스럽게 정답게 기웃거려지기도 하는 것이다. 기왓골 아래 풋되지 않은 전통을 가진 의주 살림살이에 알고 가고 싶은 것이 많다. 우리 총 중에서 익살을 깨트려 컹! 컹! 왕왕 짖는 소리를 흉내 내어 동넷집 개를 울리게 하량이면 미닫이를 방싯 열고 의아하는 나머지에 의걸이 장농에 호장저고리에 남치마 태를 눈 도적 맞은 이도 있고 우리가 끄는 신 소리가 나막신 소리처럼 시끄럽기까지 하다.

들어가 앉고 보면 요정이 아니라 일러도 좋은 안방 아니면 건넌 방 같은 방 아랫간이 짤짤 끓는다. 우리는 깡그리 보료 밑에 손을 묻고 뺨을 녹이고 궁둥이를 도사리고 추위를 과장한다. 영산홍이 어느 새에 왔댔는지 의주 밤이 점점 행복스러워 간다. 꾼에 뽑혀 오지도 않고 뽑혀 갈 배도 없이 우리는 오보롯이 조찰히 놀 수 있는 것이다. 영산홍이가 미리 프로를 만들었음인지 화선이보고 무어라

고 눈짓을 찌긋찌긋 하더니 일동일정―動―靜이 유창하게
진행된다.

　일국지명산―國之名山으로 풍덕새가 날아들어
　우노라 경술년庚戌年 풍년이 대대로 감돌아든다.

　화선이가 장고를 안고,

말은 가자고 네 굽을 치는데 임은 부여잡고 낙루만 한다.

　영산홍이가 가두歌頭를 번갈아 바꾼다.

　밤이면 달이 밝고 낮이면 물이 맑고 산아 산아 수양산
아 눈이 왔다 백두산아-

　의주 산타령이란 전에 들었던 상 싶지 않은 유장하고
유쾌한 노래다. 나는 자못 감개가 깊어간다. 통군정서 바
라보이던 구련성 뭇 봉우리가 절로 올라갔다 내려왔다 다
시 우줄우줄 걸어온다. 야작夜酌이 난무 순으로 순배가
심히 빈번하다. 영산홍이의 쾌변이 난만하여질 때 우리는

서울 말씨가 의외에 빳빳하여 혀가 아니 도는 것이 알아진다.

"아이구 데 셴상님 말씀이 다 과다오는구만."

"말줌 하시래이에! 조상님들이 말씀을 하시다가 돌아가선난디 와 말삼이 없습네가?"

담론풍발談論風發이 잠깐 절심絶心이 되면(연발하던 총불이 별안간 멈추는 것) 다시 잔이 오고 가고 잔이 멈칫하면 개뿔따귀가 운다. 서도 팔경에 의주 경발림이 연달아 나온다. 영산홍이가 일어섰다. 화선이가 장고를 메고 따라선다. 유도 4단이 일어섰다. 개량집사改良執事의 별명을 듣는 장 군이 앉아서 꼼짝 않고 배길 때 저고리 빛이 연둣빛에 가깝다. 읍회의원 김 군은 끝까지 익살스러운 사식으로 유흥을 진행시킨다. 놀 량 한 고비가 본때 있게 넘어갈 때 연산홍이의 조옥[166] 서서 내려간 치마폭이 보선을 감추고도 춤이 열리고 화선이 장고채가 화선이를 끌고 돌린다. 다시 앉아서 견딜 때 홍분과 홍조로 남긴 채 그대로 식은 찬 잔을 기울인다. 오구가 질서를 잃어도 분수가 있지 장타령을 청하는가하면 장님 독경에 염불까지 합청合請한다.

---

166) '죽 차례를 지어'라는 옥천 방언.

"얘! 일 전짜리 엿가래 꼬듯 한다 흔한 솜씨에 한마디 하라우얘!"

"아니 용하다 용하다 하면 황퉁이[167] 벌레 집어먹까쉬까?"

실상 조금도 사양하지 않고 고대로 일일이 실행된다. 이 래서 영산홍이 화선이는 수탄 화녕[168] 받는 의주 색시로 이름이 높다.

"잡수시라우예! 좀 더 잡수시래예!"

밤늦어 들어온 장국에 다시 의주의 풍미를 느끼며 수 백 년 두고 국경을 수금守禁하기는 오직 풍류와 전통을 옹위하기 위함이나 아니었던지……. 멀리 의주에 와서 훨 썩 '이조적李朝的'인 것에 감상하며…….

---

167) '매우 위험한 독이나 공격성을 가진 장수말벌로 왕퉁이, 불벌'이라고 불리는 옥천 방언.
168) '숱한 환영.

화문행각畵文行脚 7

평양平壤 1

평양에 내린 이후로는 내가 완전히 길ㅎ[169]을 따른다. 따른다기보담은 나를 일임해 버린다. 잘도 끌리어 돌아다닌다.

무슨 골목인지 무슨 동네인지 채 알아볼 여유도 없이 걷는다. 수태[170] 만난 사람과 소개 인사도 하나 거르지 않았지마는 결국은 모두 모르는 사람이 되고 만다. 누구네 집 안방 같은 방 아랫간 보료 밑에 발을 잠시 녹였는가

＊ 정지용,『문학독본』. 박문출판사. 1948. 150~153면
169) 화가 길진섭.
170) 숫하다 :'숱하다'의 옥천 방언으로 '아주 많다'라는 의미.

하면 국수집 이 층에 앉기도 하고 낳고 자라고 살고 마침내 쫓기어난 동네라고 찾아가서는 소낙비 피해 나가는 솔개처럼 휘이 돌아오기도 하고, 대동문턱까지 무슨 기대나 가진 사람같이 와락와락 걸어갔다가는 발도 멈추지 않고 홱 돌아서 온다. 담배 가게에 가서 담배를 사고 우표 집에 가서 우표를 사고 백화점에 가서 쓸데없는 것을 사 들어짐을 삼고, 누구 집 상점 2층에 몬지[171]에 켜켜 쌓인 제전에 패스했던 '모자'라는 유화와 그리다가 마치지 못하고 이어 돌아가신 아버지의 초상화와 그의 대폭소폭의 4,5점을 꺼내어 보고서는 다시 단속할 의사도 없이 나오고 만다. 어떤 다방에 들러서는 정면에 걸린 졸업기 제작 일점이 자기의 승낙도 없이 걸린 이유와 경로를 추궁하는 나머지에 카운터에 선 흰 쓰메에리[172]입은 청년과 다소 기분이 좋지 않아 나오기도 한다.

청류벽淸流壁 길기도한 벼랑이 눈 녹은 진흙을 가리지도 않고 밟을 적에 허리가 가늘어지도록 실컷 감상한다. 감상에 내가 즉시 감염한다. 오줌도 한데 서서 눈다. 대동

---

171) '먼지'의 뜻인 옥천 방언. '몬데기'로 쓰기도 한다.
172) 그 시절 학생복으로 많이 입던 목을 바짝 세워 여미던 옷.

강 얼지 않은 군데군데에 오리 모가지처럼 파아란 물이 옴직 않고 쪼개져 있다. 집도 친척도 없어진 벗의 고향이 이렇게 고운 평양인 것을 나는 부러워한다.

부벽루로 을밀대로 바람을 귀에 윙윙 걸고 휘젓고 돌아와서는 추레해 가지고 기대어 앉는 집이 "La Bohem"

이 집에다 가방이며 화구며 귀찮으면 외투까지 맡기고 나간다.

나는 이집이 좋다. 하루에 열 번 들른다. 커피를 나수어[173] 올 때마다 체네가 잔과 잔 받침과 다시茶匙[174]를 먼저 얌전스레도 가져다 소리 없이 놓고 다시 돌아가 얼마쯤 조용한 시간이 흘러도 좋다. 말이라는 것이 조금도 필요치 않을 적이 많다. 남의 얼굴이란 바라보기가 이렇게 염치없이 즐거운 것을 깨닫는다. 체네만이 고운 것이 아니라 서령 데켄에[175] 얽둑얽둑한 중년 남자가 버티고 앉았다 손칠지라도 조금도 싫지 않거니와 그의 얼굴에 미묘한 정서의 광맥을 찾으며 다시 고요히 흐르는 악음樂音에 맞추어 연락 없는 애정까지 느낀다. 그야 젊은 사람이 더 좋아 뵈

173) '낫다'의 활용형으로 드리러, 바치러.
174) 차 숟가락.
175) 설령 저 쪽에.

고 청년보다도 체네가 사랑스럽기까지 한 것이 자연한 경향이겠으나 우리는 서로 이 얼굴로 저 얼굴로 옮기어 한 곳에 집중할 수 없는 것이기도 하여서 실상은 대화를 바꿀 거리도 없는 것이요 따라서 음악은 참참이 자꾸 바뀌는 것이다.

차가 큰 그릇에 담기어 와서 공순히 따리울 때 실낱같은 흰 김이 떠오르는 향취로 벌써 알아지는 것이 있다. 나그네 길에 나서서 자주 무슨 인스피레이션에 접촉한다. 느긋한 피로에 졸림과 같은 것을 느낄 때 난로안의 석탄불은 바야흐로 만개한다. 문득 도어를 밀고 들어서는 이의 안경이 보이얗게 흐리어지자 이것을 닦고 수습하노라고 어릿어릿 하는 것을 우리는 우정 잠자코 반가운 인사를 아끼다가 이어 자리를 찾노라고 머리를 두르며 가까이 오는 것을 기다려 손을 꼬옥 부여잡어 본다. 놀라워하고 반가워하여 마지않는 것을 보고나서야 우리는 만족한다. 후리후리 큰 키에 수척하고 흰 얼굴에 강렬한 선을 갖춘 마스터까지 우리자리에 와서 함께 앉아 경의를 갖는다.

이 얘기 저 얘기 앳 랜덤[176] 한 것이 즐거웁고 흥분까지

---

176) at random. 무작위로, 생각나는 대로.

한다.

길吉의 어느 시대의 생활과 슬픔이었던 것이라는 그림 아래 우산牛山[177]의 〈석류〉가 걸려있다. '정물'이라는 것을 "Still life고요한 생명'이라고 하는 외어外語는 얼마나 고운 말인 것을 느낀다.

모딜리아니[178] 화집을 어떻게 구하여 온 것을 마스터한테 물어보며 가지고 싶기까지 한 것을 느낀다. 모가지마다 가늘고 기이다랗고 육체를 그리기 위한 것이 아니요 육체 안에 담긴 슬프고 어여쁜 것을 시詩하기 위하야 동양화처럼 일부러 얼굴도 가슴도 손도 나압작하게 하고도 유순하게도 서양적 Pathetics에 정진하다가 미완성으로 마친 모딜리아니 그림에 나는 애연히 서럽다. 다시 일어나 우리는 바깥 추위와 붉은 거리의 등불이 그리워 한 쌍 흑아黑蛾처럼 날아 나간다.

---

177) 화가, 학자, 수필가인 김용준(1904~1967)의 아호. '尋牛頌(심우송)'을 좋아해서 얻음. 홍명희 선생께 새배를 드리는 수묵담채화 「홍명희 선생과 제자 김용준」(밀알미술관 소장).

178) 이탈리아 화가(1884~1920). 인물만을 주로 그린 그의 인물화는 가늘고 긴 목이나 달걀 모양의 얼굴을 가는 선으로 둘러 독특한 기품과 아름다움을 나타냄.

화문행각畵文行脚 8

평양平壤 2

몇 해 만에 만나는 친구사일지라도 평양 사람들은 다른 도시 사람들처럼 손을 잡고 흔들며 수선스럽게 표정적이 아니어도 무관하다. 양위兩位분 기후 안녕하시냐든가 아기들 잘 자라느냐든가 물은 적도 한 일이요 아니 물어도 실상 진정이 없는 것도 아닌 바에야 서울 이남 사람들은 한 가지 빠질세라 모조리 늘어놓는 것이요, 평양 사람들은 그저 "원제 왔댔소?" 정도로 그친다. 수 년 만에 서로 만난 처소가 조용한 다방 한 구석에서라도 벽오동 중

---

* 정지용. 『문학독본』. 박문출판사. 1948. 154~157면

허리 툭 쳐서 서로 마주 세운 생목生木처럼 담차고 싱싱하게 대하고 앉는다. 저 사람이 어쩌다 군관학교에 갈 연령을 놓치고 말았을까 아깝게 생각되는, 만나는 사람마다 군인처럼 말이 적다. 말이 청산유수 같다는 말은 평양 사람한테 맞지 않는다. 원래 말을 꾸밀만한 수사를 갖지 않았다. 말소리가 대체로 큰 편은 아니요 '다' 자字 줄에 나오는 어음을 다분히 차지한 언어가 공기를 베이며 나갈 제 쉿쉿 하는 마찰음이 섞인다. Intonation의 구조는 실상 순수한 서울말과 같이 되어서 싹싹하고 칠칠한 맛이 더욱이 여성의 말은 라틴 계통의 언어처럼 리드미칼하다. 흐느적거리고 끈적거리는 것이 도모지 없다. 평양 여성은 어디나 다를 것 없이 다변인 편이겠으나 수다스럽지 않고 평양 남자의 듬직한 과묵은 도리어 과분히 직정적인 것을 속으로 견디는 것을 볼 수 있다. 단적이요 휴지부가 많이 끼이는 설화에도 소박한 인정이 얼마든지 무르녹을 수 있다. 여자는 모조리 흰 편이겠으나 남자는 거의 검은 얼굴에 강경한 선이 빛나고 설령 그 사람이 T·B 3기에 들었을지라도 완전히 녹초가 되지 않고 아직도 표한한 눈매를 으스러트리지 아니한다. 원래, 나가서 맞고 들어와서도 "그 새끼 한대 답새 줄랬다가 그만뒀다."는 것이 이곳 사람들의 기질이 되어서 오해도 화해도 심히 빠를까 한다.

적은 사람이 큰 자를 받아 쓰러트리고 약한 놈이 센 놈을 차서 달싹 못하게 만드는 것이 평양식 쌈일까 하는데 평양 사람이라도 쌈패는 따로 있는 것이지 점잔한 사람이 그럴 수야 있을까마는 대체로 대동강 줄기를 타고 오르고 내리는 연안에 난 사람들이 미인과 굳센 남자가 많고 평양에 와서 더욱 특색이 집중된다. 하여간 십 년 친한 친구의 귀쌈을 갈긴다닌깐! 그것이 다음날은 씻은 듯 잊고 소주에 불고기를 나누어 먹는다니 명쾌한 노릇이다.

그러나 시대의 비애와 음영이 그들의 나맹懧猛[179]한 안면 근육에서도 가실 날이 없는 것도 사실이다. 문약의 퇴색한 빛을 갖지 않을 뿐이다. 멋 부리는 것과 '노적' 대는 것을 평양 사람들은 싫어한다. '멋'이라는 것이 실상은 호남에서도 다시 남쪽 해변 가까이 가객과 기생을 중심으로 한 사회에서 발전된 것이 아닐까 한다. 그림 글씨와 시와 문에서 보는 것은 그것이 멋이 아니라 운치다. 멋은 아무래도 광대와 명창에서 물들어 온 것이 아닐까 하는데 남

---

179) 김학동 편, 『정지용 전집 산문』, 민음사, 2005, 106면에는 '懧猛'으로 한글 독음 없이 한자로만 표기. 이숭원 편, 『꾀꼬리와 국화』, 깊은샘, 2011, 146면에는 '영맹'이라 쓰고 우측에 '懧猛'이라 한자표기하고 있다.

도 소리의 흐르는 멋이 〈수심가〉에는 없을까 한다. 그러나 남도 소리라는 것이 봉건 지배계급을 즐겁게 하기 위함이라든지 아첨하기 위하여 발달된 일면이 있는 것을 부정할 수 없는 것이라면 어떨지! 결국 음악적 원리에서 출발한 것이 둘이 다 못될 바에야 〈수심가〉 순연히 백성사이에서 자연발생으로 된 토속적 가요라고 볼 수밖에 없을까 한다. 단순하고 소박한 리듬에서 툭툭 불거져 나둥그는 비애가 어딘지 남도 소리에서 보다도 훨씬 근대적인 것이기도 하다. 살얼음 아래 잉어처럼 소곳하고[180] 혹은 바람에 향한 새매처럼 도사리고 부르는 토산 기생의 〈수심가〉는 서울서 듣던 것과도 다르다. 기생도 호흡이 강경하여 손님이 몇 번 권하는 술을 사양하기 세 번이 되고 보면 "정말 단둘이 하자오?"하는 선뜻한 태도가 그것이 실상 이제부터 친하여 보자는 뜻이라는 것이라고 한다. 잔이 오고 가는 것이 야구와 같다. 서울서 같이 어느 한 기생이 좌석을 독재한다든지 한 아이 옆에서 다른 아이가 이울어 피지 않는다는 것이 없다. 포동포동 펑펑 소리가 나도록 서로 즐겨 논다. 혹시 기분이 상해 자리에 남을 맞이 없을 양이

---

180) 온순한 맛이 나게 고개를 약간 숙인 듯하고.

면 빨끈 일어서 피잉 나가는 것이다. 그렇다고 평양 남자가 당황해서 붙들고 말릴 리도 없다. 서울손님이란 이런 때 일어서서, "얘! 유감아 너 날과도 친하자꾸나 야!"하며 어깨를 안아 발을 가벼이 차서 앉히면 평양 여자도 여자이기에 대동강 봄버들처럼 능청한데도 있다. 새매는 새매라도 길이 들은 새매라 머리와 깃을 쓰다듬어 주고 보면 다소곳이 맡기고 의지한다.

화문행각 畫文行脚 9

평양平壤 3

"선네-에!"

"선네- 있소오?"

"거 누구요?

"나야-"

"길 아재씨요?"

"응 나야——"

"애개개 - 길 아재씨!"

"들어오라우요!"

＊ 정지용, 『문학독본』, 박문출판사, 1948, 158~164면.

포동포동 살찐 노랑 닭 몇 마리 발을 매인 채 모이 없는 토방 밑에 거닐고 있다. 햇살을 함폭 받아 낯모를 손님을 피하지 않는다.

가느다란 겹살 미닫이를 열고 들어서기 스스럽지[181] 않다.

풀기 없는 남치마에 쪼그르트리고 앉아 뒤로 마므짓 물러나가며

"언제 왔소오?"

"발서 왔는데"

"그르믄서두 우리 집에 안 왔소오?"

"욜루루 내려앉으라우요"

"괜찮아 괜찮아 그까짓거"

남빛 모본단 보료 깔은 아루깐[182]에 외투도 아직 입은 채 앉아 눈이 의거리, 장농, 체경, 사진, 경대, 화병, 불란서인형 걸린 입성[183]을 돌아본다.

머리맡 병풍 쪽 그림은 당사주 책에 나오는 인물들 같이 고와도 좋다. 윗간 미닫이 손 쥐는 데는 박쥐를 네 귀

---

181) 조심스럽지. 수줍고 부끄럽지.
182) '아랫목 쪽에 있는 방'의 뜻인 옥천 방언.
183) (속어)옷.

에 오려 붙이어 햇볕을 받고 아랫간 미닫이에는 부지쪽 안의 국엽菊葉이 파릇이 얼었다.

"이제 덕수 씨 만내구 왔디?"

"구름[184]! 상이 시뻘겋드구만 어젯밤 어데서 한잔 했는디"

"아재씨두! 어젯밤 나하구 놀았는데!"

"흥, 잘됐구만!"

"우리는 괘니 와서 놀디두 못하구 가는 사람인데!"

"길 아재씨두 그름네까?"

"사실은 어젯밤 내가 실수할 뻔했는데 ······ 참 곱던데!"

"아이고 아재씨 멀 그래요! 발세 내가 다 아는데!"

"알기는 뭘 알아?"

"정화가 아재씰 픽 도하하던데요 멀그래!"

"다아들 동무들 안 오나"

"아니야 – 이제 올게디"

"오랄가?"

"그만 두라우"

머리를 고쳐 빗기 위한 앉음새 뒤태도를 아재씨는 오릇

---

184) 그림.

이 차지할 수 있고, 경대 안에는 얼굴끼리 따로 포갤 수밖에 없다.

살그머니 훔치듯 하여 미끄럽게 나가는 연필 촉에 머리 빗는 뒷몸매가 목탄지木炭紙에 옮겨 놓일 때 선녜는 목이 간지럽기도 하다.

"어데 나 좀!"

"가만 이서!"

"날래 그리라우"

"또 어렇가라우"

"잉! 됐서"

머리카락이 까아만 명주실같이 보드랍게, '기사미' 담배 말리듯 쪽이 가볍게 말린다. 솔잎 같은 핀이 한줌이 든다.

"아재씨 그것 줌 주시라요"

"조코레토 하나 잡서 보세유"

"나 서울 말세 쓰갔다"

"나 참 다라시185가 없어 요즘은"

"그게 돈 게야 다라시가 없어야 도티"

"그를가?"

---

185) 일본말로 '유혹하는 사람'.

"기침 나는데 오사께[186]만 먹구!"

"선네는 페양 깽구[187] 단장이야!"

"흠, 졸병!"

"페양은 여자들두 떠받습니까아?"

"녀자는 못 떠받아요."

"덤심 잡샀소오?"

"이자 먹었어."

"정말 잡샀소오?"

연상 머리를 요리 돌리고 조리 돌리고 석경을 들어 뒤로 돌려 비추우고 경대 안에서 옳다고 하도록 기다려 쪽맵시 이마태가 솟아오른 듯 마치자마자 돌아앉기가 급하게 크로키에 손이 걸어오며

"아재씨 이거 하나 안 된 거 있쉐다."

"그렇게 앉었으니까 그렇디."

"이거 얼간이야!"

툭 친다.

"그래두 아재씨 술술 그레― "

---

186) 술
187) 갱(gang)

스케치북 페이지가 넘어가며

"이거 어디요?"

"금강산이야."

"금강산 난 못 가봐서 몰라."

"참 정 별거 다 있구나!"

"이거 누굴디 참 몸매 곱다"

"가야 하지 않겠소? 그만 실례하지 첨 와서 미안하지 않
소오? 길?"

"아이구 왜이래요 좀더 놀다가소 고레."

회색 바탕에 가느다란 붉은 선이 섞인 목도리가 볼모로
선네 목으로 빼앗기듯이 옮겨가며 우리는 일어서며 의례
(의례) 하는 수인사 보다는 훨씬 섬세하고 혹은 서울서도
몰랐던 수줍기까지 한 것이었을지도 모른다.

"아재씨 언제 오갔소?"

"인쟈 안 오가서, 망 맞어서[188]!"

"아재씨 안동 갔다 오는 길에 이 목텐 날 주구 가라우,
잉!"

---

188) 함부로 맞이해서

가녈핀 흰 목에 다시 가벼이 졸라매이듯 안기듯 하는 회색 바탕에 붉은 선 목도리가 밉지 않은 체온에 넉넉히 붙들려 다시 옮기어 올 때, 토방 닭들은 제대로 옮긴 별을 찾아 자리를 옮기었다.

화문행각畫文行脚 10

평양平壤 4

스팀은 우덩[189] 손으로[190] 만져 봐서 역시 찬 줄을 알았다. 그러나 이 방안 보온상태에 불평을 말할만할 거리가 하나도 없다. 외풍이란 우리 집에서만 겪는 것이었던가. 침대위에 눈같이 흰 시이트래던지, 그 뒤에 낙타털 케트래던지, 그 위에 하부다이 천의래던지, 그리구 속옷을 빨아 대려 안을 바레 논 도데라[191] 잠옷과 폭신한 이중 베개, 내

＊ 정지용, 『문학독본』, 박문출판사, 1948, 165~174면.
189) 일부러의 방언
190) '(아무 장치도 없는) 맨 손으로'라는 의미인 옥천 방언 .
191) 일본어. 크기가 넉넉하고 소매가 넓은 솜옷.

가 집을 떠나와서 있을 수 있는 사치임에 틀림없다.

그 외에 조그만 테이블이 둘이 있어 동그란 것에는 물병과 컵에 재터리가 준비돼 있고, 네모난 테이블에는 편지지 봉투까지 맘대로 쓰게 됐고, 이 칸 저 칸 바꿔 앉을 만한 적은 소파가 서이[192]가 뇌이고[193], 세수하는 데는 찬물 더운물 고루레이 나오게 되고, 양복장이 없겠나, 양복장 색경[194] 안에 다시 폐정閉靜하게 들어앉은 이 방안의 장식과 풍경이 내가 조금도 서툴게 굴지 않아도 좋다는 것을 은근스레이 표정表情하는 것이 아닌가. 기온이 얼마나 피부에 알맞아야만 하는 것이냐고 공기가 온화롭게 속살거리고 있는 것이 아닌가.

스팀이 활활 달았으면……… 좋겠구만 생각되는 것은 조금도 한기寒氣에 관련된 것이 아니라 이런 것이 거처가 갑자기 달라짐에 따르는 여수旅愁의 시초가 아닐지.

뽀오이가 "손님, 물이 준비 됐습네다. 목욕 하시디요."라고 그러는 것이고 보면 가뜬한 잠옷 바람에 내가 얼마나

---

192) '세 개'라는 뜻의 옥천 방언. 옥천 지방은 사람과 사물의 단위를 나타낼 때 '~이'를 쓴다.

193) '놓이고'의 옥천 방언. 지금도 옥천 사람들은 "포도가 상 위에 족 뇌여 있다"고 말한다.

194) '거울'의 옥천 방언.

호텔에 익숙한 듯이 슬리퍼를 끌고 나가서 몸을 몇 분 동안 훈훈이 담그고 나와선 몇 번 비비는 정도로 그칠지라도 훨씬 심기가 침착해질 것일걸 "어저께, 서울서 하고 와서 안하갔소"했다. 뽀오이가 제가 손님을 서툴게 대접할 배야 조금도 없지마는 나도 도회인의 교양으로서 자지러질듯이 수줍어지고 어색하구 초조까지 느끼어지는 것은 이유가 선명한 윤곽을 가질 수 없다.

어떻든 길㐀이 어서 냉큼 돌아와야 하것다. 노조미[195]로 오기로 한 것을 댐차 대륙으로 온 것과 전보 칠 걸 안친 것이 호텔 이 층에서 내가 이렇게 서글프고 쓸쓸히 견뎌야만 된 것이다.

길이 필연 역에서, 아니오는 거라고, 단념하고 그 길로 다시 몇이 어울리어 취하게 될 것임에 틀림없음을 내가 짐작한다. 그리고 나선 저으기 마음이 추근해지기도 하여 스탠드에 불을 당기고 샹들리에는 끄고 이내 잠이 들기에 힘이 아니 들었던 모양이다.

길㐀이 내가 누운 침대에 걸터앉아 꿈에서 같이 웃는 것이었다. 나는 번뜩! 반가웠다.

---

195) 희망, 기대의 일본어.

불빛에 보아 밉지 않은 취안醉顔이었다. 선교리역으로 평양역으로 급행차마다 뒤지기에 택시 값만 육 원이나 없앴노라고 한다. 나와 동생과 같이 지내던 이라는 이와 나이는 어리나 이곳서 상당히 이름이 높은 아이까지 대빌구[196] 나갔댔노라고 한다. 나는 지금이 몇 시냐고 묻고 나서, 새로 두 시라는 것을 알고, 다시 그 애가 이름이 무엇이드냐고 까지 묻기를 주저치 않았다.

"맏정자字 정화正花."

"성은?"

"윤尹."

윤정화, 윤정화, 발음연습 하듯 하는 발음을 두어 번한 것을 내가 스스로 깨달았다. 구태여 고맙기도 한 느긋한 즐거움을, 아니라고 해야 할 까닭도 없었다.

이젠 그만 자자고 하고나서 다시 담배를 피기를 한두 개했을 것이리라.

"이전 그만 자라우."

"그래 가서 자소."

또아를 잡고 돌아서서 나가면서 전에 없이 경쾌히

---

196) '데리고'의 옥천 방언.

"굳 나잇!"

"굳 나잇!"

나는 다시 자기로 하는 자세를 가질 때 기관차들이 늦은 밤중에 무슨 연습을 하는지 종작없이 뚜우 뚜우 한다.

*

나야 선잠을 잤다고 할 것이 없었다. 잘만침[197] 잔 것에 틀림없는 것이, 어저께 차에서 몇 시간 비좁은 자리에 쪼 그라지고 견디느라고 어깨가 뻐근한듯하던 것이 아주 풀 렸고 심기도 저으기 쾌하다. 아래서 호텔의 아침 살림살 이다운 설레는 소리가 일고 이중 유리창 또루루 말려 올 리는 커튼은 아직 볕은 아니라도 십분 하얘 온다. 일어나 잠옷 바람으로 이전 활짝 달아 있는 스팀 옆에서 그림엽 서를 별로 긴繁)치 않은 데까지 몇 장 쓰고 그길로 탕에 가서 실컷 더운 물에 몸을 감고[198] 철버덕거리기까지 하고 나서도 관후리 성당 여덟시 반 미사를 댈 만하였던 것이 다. 전차를 바꿔 타는 것이라든가 골목쨍이[199] 찾아 돌아

---

197) '피로가 풀릴 만큼 잔'의 옥천 방언.

198) '씻고'라는 의미의 옥천 방언.

199) '좁고 굽이진 정도가 심한 골목길'을 의미하는 옥천 방언.

가는 것이야 서울과 다를 게 없었다. 미사 후에는 한번 걸어 돌아 올만하니 아침공기가 도았댔다. 전신주 밑에 자유노동자들이 몰래 앉고 세고 벌써부터 억센 평양 말세[200]가 왁작하다. 하얀 수건을 잘끈 머리에 동제[201] 매구 바구니 들고 나선 부인네며, 양털로 갓을 선두른 조끼처럼 된 등거리에 반듯한 은단추 위아래 넝긴 젊은 색시들의 입성 빛깔이 남빛 자줏빛 아니면 노랑기도 하고 그렇지 않으면 위아래가 하얗다.

소에, 달구지에, 전차에, 버스에, 교통이 대도시 같다. 아스팔트가 우드럭 두드럭 요철凹凸이 나고 말똥 소똥이 지저분히 서리와 얼어붙고, 거리 구획이 구불게 혹은 엇비슷이 언덕에 올라가고 내려가고 한 게 도로혀 지방도시 같아서 좋다.

말씨 말이 났댔으니 말이지 평양사람들은 말의 말씨에 숏, 데, 테, 리끼니, 자오, 라오, 뜨랬는데, 깐, 글란 등등의 소리로만 들리는 것은 아무래도 내 귀가 서툴러서 그럴지, 예사 할 말에도 몹시 싸우듯 하며 여차하면 귓쌈 한

---

200) '말씨' 즉 지방의 독특한 특성이 드러나는 말씨를 의미하는 옥천 방언.
201) '동여'의 뜻인 옥천 방언.

대, 쌍, 새끼, 치, 담째 등의 말이 성급하게 나오는 것은 혹은 내가 너무 과장하여 하는 말이 아닐지도 모르겠으나 하여간 부녀자들도 치마 끝에 쇳소리가 난다는 말이 있지만 싱싱하고 씩씩하기가 차라리 구주歐洲여자 같은 데가 있다. 수옥여관인가 하는 데를 디내누라니까[202] 어떤 아이 업은 소녀가 지나가다가 다짜고짜 포대기를 풀어풀어 헤치자 어린애를 뒤집어 바꿔 업어 자끈 동여매는 것인데 얘가 왜 이럴까 하는 의아에 어린아이가 그야말로 불덩이처럼 성이 나서 시양 털을 뚫으는 소리로 우는 것을 발견했다. 등에다가 등을 결박을 당한 것처럼 어린 두 주먹을 바르르 떨며 까무러칠 듯이 울며 매달려 가는 것이다. 대개 머리를 쥐 뜯고 보채기에 그러하는 모양인데 어린아이에 대한 소녀의 제재制裁로는 우습기도 하려니와 혹독하기도 하다. 기후가 아무리 변칙의 것이라 할지라도 평양쯤 와서 더군다나 이른 아침이고 보니까 귀끝 손끝이 아릴 정도의 추위다. 소녀는 다시 타협할 여지가 없다는 듯이 홱 달아나기에 얘 얘 불러서 어린 애기를 그러는 것이 아니라고 타이를 짬도 주지 않았다.

---

202) '지나는데'의 옥천 방언.

신사 하나를 만나서 나는 우덩 "털도 호텔을 어드메루 해 갑네까?" 묻는다는 것이 호텔의 호가 왜 그른지 회루 발음되는 걸 어떡할 수 없는 것을 스스루 발견했다. 한번 "털도 회텔이요 털도 회텔말슴이야요." 거듭 하느라니 그 이는 침착한 표준 발음으로 철도 호텔의 방향을 대주었 다. 아무래도 내가 평양말로, 그가 경언京言으루, 우리가 노상에서 잠시 타협하였던 것이라고 해석된다.

길동무은 여지껏, 잠은 깬 모양인대, 뒹굴뒹굴 굴고 있었 다. 길동무이 자고난 십 호실 방 동향 창을 내가 활활 열어 재꼈다.

하늘 살결이 푸르고 고와도, 이럴 수가 있겠나 하고 나 의 감탄은 절로 청명하였다. 성내 일 면의 기왓골이 물이 랑 치듯 내려다보이는데 연돌煙突이 별로 없는 도시에 종 소리도 수태 처처에서 뎅그렁 거리는 것이다.

섯달[203] 그믐날이요 마침 일요일, 오정이 거반[204] 다 돼 서 우리는 이제 정식으로 평양을 방문하기 위해서 나선 것이니 발이 한껏 가볍고 선선했다. 호텔 현관 앞에서 택

---

203) 12월.
204) '거의'라는 뜻의 옥천 방언.

시로 나선 것을 노중路中에서 내버리고 걷기로 한 것이
다. 항공병航空兵이 수태도 쏟아져 나와 삼삼오오 돌아다
닌다. 병과금장兵科襟章을 아무리 주목해 봐야 제가끔 하
늘빛을 오려다가 붙인 듯한 세루리안 블루뿐이었다. 내가
화가라고 한다면「일요일」이라는 그림을 구상하고프다.
이웃집마다 카렌다 빛이 모다 빨갛고 거리마다 항공병의
금장이 하늘쪽 같이 나부낀다고 어떻게 이렇게 슈르리얼
리스틱 하게 말이지. 우리는 들어갈 의사도 없이 영화관
간판 그림을 스윽 처다 보며 멈췄다가는 다시 와락 와락
걸었다. 다방마다 들려서 마신 커피가 삼 사 잔이 넘은 것
이다.

대동문 앞 김덕수 씨를 만났댔는데,

"언제 왔댔소?"

"어젯밤에 왔쉐다."

"서울 낭반이 시골은 왜왔소?"

"시골을 와야 낭반이 되지 않능 거이요! 더어타 이 낭
반 식전부터 쵔네 게레!"

"골라서 기깐 너머에게 술 한 잔 머거띠. 쌍너메게! 어
드메루 가는 길이오?"

"더어 우께레루 해서 한바쿠 돌라구 그래."

"그름 만제 가라우 좀 있다 만나자우."

대동문을 나서면 바로 강인데 발이 우덩 옮기기 싫었다. 대동문을 수선한다는 것이 회칠을 찍찍 둘러서 붕대 감어 놓듯 했다. 이건 대동문의 미가 아주 중상을 입은 듯이 보기 흉측하기까지 하다.

새 수구水口 선창에 다나가서 강산면옥을 찾아 쟁반을 대하기로 했다. '신속배달 쯤은 무난한데 친절본의라는 뜻의意자가 다정스럽다. 아랫간 국물 데우는 가마 옆에 오마닌지 색신지 모를 이가 앉고, 나추²⁰⁵ 걸린 전화통 아래 조끼 입은 이, 감투 쓴 영감, 촌사람인 듯한 이들이 앉고 한 새에 섞어 앉어서 고명 판에 고명 고르는 꼴이며 국수 누르는 새닥다리에 누어서 발로 버티는 풍경을 보며 쟁반을 먹을까 하는데 "우층으로 올라 가소."하는 것이다. 행색이 양복을 입고 오버를 입고해서 대접하느라고 그러는 것인지 난로 피운 위층 마루방으로 안내하는 것이다.

"우층에 쟁반하나 자알 해올레라"

둘이 실컷 먹고 마시고도 남았다. 이 귀를 기울이고 저 귀를 기울리어 마시며 권하며 고기와 사래를 서로 가라

---

205) '낮게'라는 뜻의 옥천 방언.

밀며 먹으며 칭송하여 마지않았다.

*

신창리新倉里 빼짓한 골목이 길기도 했다. 경제리鏡濟里로
들어서서 길이 꽤 질었지마는 가려서 살살 디딜만했다.

나는 다소 주저해야만 할 것 같은 심경을 깨달았다. 그
러나 내가 평양에 와서 무슨 부정府政 통계표 같은 것을
베껴가야 될 의무가 있겠나, 부회의원府會議員들과 교제를
해야 될 일이 있겠나, 그래도 스키모에 류색을 메고 초연
히 역에 내리는 일개 서생을 명목하여 손님 따라 나온 겸
사겸사래도, 나왔댔노라는 가인을 찾아 사의를 표하기가
무엇이 맞가롭지 못할 바가 있을고. 그러나 막상 대문간
에 들어서고서는 남의 집 닭이 남의 집에 침입할 때처럼
어릿더릿 하고 잠깐 분명한 태도를 가질 수 없었던 것일
지도 모른다. 의례히 노는 사람들 같고 보면 조용한 처소
에 미리 지휘를 놓는다든지 할 것이 같은데 그렇지도 못
한 생각을 하면, 그러나 우리가 그를 그의 직업으로 대하
지 않겠노라는 것이 그에게 베풀 수 있는 경의에 가까운
것일지도 모른다. 더욱이 이곳에서 나고 자라서 타도他道
에서 화명畵名으로 발신發身하야 모처럼만에 슬픈 고향에
찾아온 가난한 청년화가와 그와 간단한 그림 도구를 서

로 나누어들만한 같이 온 동무가 나그네 길로 나선 바에
야 말이지.

아직 머리도 고쳐 빗지 못한 이 색시를 수고롭게 굴어
이런 포오즈를 지어라, 저리로 향하라, 이쪽 광선을 받아
라, 하기도 초면에 무엇 하니 목탄지에 폭폭 파고 드는 예
필銳筆로 우리가 제목하기를 '화문행각畵文行脚)'이라고 한
재료에 올리는 것이 어떻겠느냐구 했다. 서울로 치면 거반
4간방이나 되는 2간방에 어거리 장롱이 어리어리 들어섰
고 체경體鏡이 모두 벽으로 서듯했다. 수틀까지 모두 자개
를 박았고 보니 안주수安州繡 쌍학雙鶴이 자개 화원에서
노니는 듯하다. 어거리 유리쫌으로 뾰족 보이는 베갯모,
퇴침모가 모두 오색 실루 수가 놔댔으니 '복福자 수壽자
희囍자 등이 베갯모마다 글자가 달리됐다. 동무가 그린 예
필화銳筆畵는 내가 부탁한 것과는 아주 간소한 인상적인
것이 돼서 적막하기까지 한 것이니 주인 색시를 때때로 대
하는 경대를 그려도, 아리땁기가 뺨에 대보고픈 불란서 인
형을 분갑 옆에 세우고, 나들이 갔다 돌아와 개키지도 않
고 그 위에 걸려있는 치마와 저고리를 그리고 말았다.

주인색시 방에 주인색시가 업센트 된 것처럼 된 것이
나그넷길에 오른 우리의 플롯 없는 이 얘기를 훨씬 슬프

게 한 것을 알았을 때 벽에는 이와 같은 글이 붙은 것을
봤다.

羅浮山色春(라부산색춘)

移入畵粧中(이입화장중)

화문행각畫文行脚 11

오룡배五龍背 1

선천으로 다시 돌아갔다가 긴한 볼일을 마치고 다음날 저녁때 안동으로 되고파[206] 오기로 한 낙영이를 보내 놓고 나니 만주 추위가 버썩 더 추워 온다.

나는 신시가 육번통 팔정목, 아주머니 없으시고 어린 조카아이들 있는 삼종형님 댁에서 형님과 자고 아침을 같이 먹어야 한다. 길葺은 역전 일만日滿호텔 이층 북향실에서 내 짐과 내 가방과 자기 화구를 지키고 자야한다. 육

✱ 정지용. 『문학독본』. 박문출판사. 1948. 175~179면
206) 되돌아. 다시.

번통에서 역전까지 마차 삯 이십 전이 드는 거리에 눈이 오면 치우고 오면 치우고하여 가로 옆에 싸올린 것이 사방토제砂防土堤와 같이 키가 크다. 그 위로 추위와 전선이 우르릉 우르릉 포효하며 돌아다닌다.

형님은 은행에 시간 당해[207] 가시고 나는 이발소에 가서 세수를 하기로 한다. 체경에 얼굴을 바짝 대고 나는 걱정스럽다.

이제 만일 여드름이 다시 툭툭 불거져 나온다면 진정 치가 떨리도록 슬퍼 못 살은 노릇이겠으나 나그넷길에 나서 한 열흘 되니 눈가로 입가로 부당한 잔주름살이 늘었다. 놀며 돌아다니기도 무척 고된 것이로구나.

이 추위에 일부러 추운 의주 안동을 찾아 나선 것도 나선 것이려니와 애초부터 볼일이라고는 손톱만치도 없이 그저 보기위해 놀기 위해 나선 것이고 보니 결국 이것도 일종 난봉이 아니었던가한다. 난봉도 슬프고 고된 것이로구나 하며 글 제목을 어떻게 '무목적無目的의 애수哀愁' 이렇게 생각해 내어보니 얼굴과 머리가 빤빤해진[208] 것을 거

---

207) '맞춰'라는 옥천 방언.
208) 매우 고르고 반듯한.

울 속에 찾아낸다. 기분도 아찔하도록 쾌한 것을 느끼며 형님 댁에 돌아오면 아이들이 보는 족족 기어오르고 매달리고 감긴다. 아주머니 없으신 방에 장롱 의걸이 반닫지가 그다지 빛이 나 보이지 않는다고 생각한다. 설령 약으로 기름으로 자개와 놋쇠 장식을 닦고 닦아서 윤을 내인다고 한다손 치더라도 달리 쓸쓸한 빛이 돌까 싶다.

간밤에 위층에서 와사 난로를 피우고 형님과 술을 통음하고 나서 형님이 주정하시는 바람에 나는 내려와 큰조카 아이를 붙들고 울은 생각을 하고 나의 옅은 정이 부끄러워진다. 다시 눈가가 뜻뜻해 오르는 것을 피하야 성애가 겹겹이 낀 유리창에 옮기어 얼굴을 숨긴다. 야릇하게도 애절한 만주 새납 소리와 긴 나발소리가 뚜우 뚜우 하며 지나간다. 만주사람들은 죽어서 나가거나 혼인 행차에 꽃을 달고 따르거나 새납과 나발이 따른다. 경우를 따라서 새납 곡조를 어떻게 달리하는 것인지 분간해 들을 수가 없다.

"아저씨 안동약국에서 전화 왔었어요."

"장 선생한테서?"

"네"

나는 전화기 앞으로 옮긴다.

"…… 어제는 참 수고하셨지요? 네에! 길한테서 전화가

왔어요? 네에! 네에! 이제 곧 가보겠습니다. 네에! 네에!
그러면 저녁때 가 뵙겠습니다."

전화는 다시 일만호텔로 옮긴다.

"…… 그럼! 일어났소? 아침은? 빅토리아에 나가서 한
잔 마시구! 호텔에서 한잔 마시구! 반짜는 몇 잔이나 마시
구? 당신이 차만 마시는 금붕어요? 그래! 그래! 그럼 그동
안 다마나 치구 있구려! 오라잇!"

셋째 조카아이 치과에 가는 길에 구열求烈이와 셋이 마
차를 탔다. 아이들은 털로 곰처럼 싸놓아야 외출을 할 수
있다. 일만호텔 앞에서 나는 "돌라! 돌라!"하며 내리고 두
아이는 그대로 앉아 성립 병원으로 향하는데 마차부가
"쮜! 쭈어바!"하면 말이 달달 달리다가 "우우웨!"하니깐 방
향을 바꾸어 달린다. 이상스럽게도 가볍고 보드라운 방울
소리가 울린다. 실상은 마차가 방울소리처럼 가볍게 흔들
며 가는 것이다. 구름 한 점 없이 파아랗게 얼은 추운 하늘
이 쨍쨍 갈러질까도 싶은데 낚싯대처럼 치어들은 채찍에는
붉은 술실[209]이 감기어 햇빛에 타는 듯이 나부낀다.

---

209) 휘장, 책상보, 옷 따위의 끝이나 둘레에 장식으로 다는 여러 가닥의 실.

옥돌실玉突室[210]에서 게임이 마치는 동안이란 나는 신경질이 일어나는 동안이다. 내가 빅토리아에서 커피를 한 잔 놓고 버티고 있노라니 길이 휘이 젓고 들어온다.

손가락을 들어 튀기어 딱! 소리를 내어 웨이트리스를 부르니 무슨 기계처럼 걸어와 앞에 따악 버티고 선다.

"워드카!"

"워드카 입빠이?"

백계 노서아 여자는 해군으로 잡어다 썼으면 생각된다. 워드카는 마알간하니 싸늘해 보인다.

"이걸루 커피가 몇 잔 짼고?"

"넉 잔 째?"

"한 잔은 어디서?"

"옥돌실에서 한 잔 또 먹었지!"

커피에 워드카 섞이어 넘어간 것이 등으로 몰리는지 등이 단다.

오룡배五龍背까지 가는 기차시간을 따지어 보니 우리는 정거장까지 막 뛰어나가야만 한다.

---

210) 당구장.

오룡배五龍背 2

가솔린 차 안의 보온장치가 무엇이었던지 알아보지 못
하였으나 외투를 벗을 수도 없이 꼭 끼어서 홧홧[211]하기
땀이 난다.

결박당한 듯이 부비대고 견디기가 견딜 만한 것이, 내
가 어느 기회에 만주사람들과 이렇게 친근하여 보겠기에
말이지. 길吉이 앉히어 주는 대로 앉기는 하였으나 포켓
에 든 손이 나올 수 없고 나온 손이 다시 제자리에 정제

＊ 정지용,『문학독본』, 박문출판사, 180~183면.
211) 달아오를 듯이 뜨거운 기운이 이는 모양.

整齊하기가 실로 곤란한 노릇이니, 가솔린 차안에 인체와 호흡이 이렇게 치밀하여서야 만철滿鐵 당국보다도 내객來 客인 내가 어떻게 반성할 만한 여유를 가질 수 없다.

멀리 타국에 나와서 호텔 이층에서 잠꼬대가 역시 충청도 사투리였던가! 스스로 놀라 깨인 적이 지나간 밤중에 있었거니와 만주인 청복靑服 사이에 보깨어 괴로운 소리가 역시 조선말인 것을 깨달을 때 나는 문득 무료하다. 길은 턱을 받치우고 허리를 떠받치우고 연상 허허 웃으며 떠드는 것이 내가 일일이 응구 아니하여도 좋은 말뿐이다.

짐승의 방광을 말리어 그릇으로 한 것 같은 그릇에 고량주를 담아 들은 것이야 여기서만 볼 수 있는 것이겠으나, 기름병 든 사람 울긋불긋한 이부자리 보퉁이를 어깨 위에 세우고 버티는 사람, 그중에도 놀라웁기는 바가지짝 꿰어 든 사람이 있으니, 조선 풍속과 어디 다를 것이 있더란 말가.

이 사람들이 떠들기를 경상도 사람들처럼 방약무인하다.

차가 어쩐지 추풍령 근처에 온 것 같다. 한 여인네의 젖가슴에 파묻힌 발가숭이[212]가, 아랫동아리가 기저귀도 차지 않은 정말 발가숭인 것을 알았으니 만주 여자의 저고

212) 주로 작거나 어린 사람의 알몸뚱이.

리가 목에서부터 바른편으로 나간 매듭단추를 끄르고 보면 어린 아이를 집어넣어 얼리지 않기에 십상 좋게 되었다. 어머니도 천생 조선 어머니가 아닌가! 발가숭이는 잠이 들고 어머니는 젊고 어여쁘기까지 하다. 이렇게 우리가 꼼짝할 수 없이 서서 대체 실내 고온도가 공급되는 것을 그저 '스팀'이나 가솔린에 돌릴 수 없는 것이니, 만주 농민들은 마늘냄새가 나느니 무슨 내가 나느니들 하나 별로 그런 줄을 모르겠고, 가난과 없는 것이란 이렇게 뒤섞이어 양명하고 훈훈하도록 비등하는 것이 흥이 나도록 좋다.

대체 어디서 털쪽이 그렇게 많이 나오는 것인지 털쪽을 붙이지 않은 사람이 별로 없다. 털외투에 털모자를 갖춘 부자 사람은 말할 것 없으나 마래기²¹³가 털이요 귀걸이가 털이요 저고리안이 털이요 발목에도 털이다. 그렇게 골고루 갖춘 사람이 실상은 몇이 못 되고 마래기와 신에는 털이 조금씩은 붙는다. 그것으로 가난과 추위가 남루하게 드러난다. 생껍데기를 요렇게도 벗기우는 만주 짐승은 대체 어디서 이 찬 눈을 견디고 사는 것일까. 털쪽도 여자한테는 골고루 못 참례 되는 것인지 솜이 뚱뚱한 푸른 무명

---

213) 중국 청나라 관리들이 쓰던 모자.

옷 위아래에 발에 대님을 치고 머리에 조화를 꽂고 그저 섰는 이가 많았다.

바로 앞에 선 아이가 열 두서넛에 났을까 한데 하도 귀엽길래,

"소고낭小姑娘, 그대가 어디로 가는가?"

"울릉페로 가노라."

"우리도 일양一樣 울릉페로 가노라."

"소고낭, 그대가 기세야幾歲耶?"

"십유삼세十有三歲로라."

"가애可愛인저! 심가애甚可愛인저!"

전연 엉터리없는 만주어를 함부로 써서 그래도 통하는 것이 놀랍지 않은가. 옆에 손을 잡고 선 노인이 아무래도 할아버지인 모양인데 엉성하기 말징게미 같은 윗수염을 흩트리며 빙그레 웃고 섰다. 이 노인이 어디서 본 이 같은데 도모지 생각이 아니 난다. 보기는 어디서 봤단 말가. 만주 하마탕蝦蟆塘 근처에 사는 농민을 내가 본 기억이 있노라는 생각이 우스워서 나는 나대로 웃고 앉았다.

만주에 와서 판이한 것은 실내와 실외의 춥고 더운 것이니 실내가 과연 더웁다.

장갑 낀 손으로 성에를 긁어 흩트리고 내다보이는 추위

가 능글능글하게도 쭈그리고 있다. 이제 유리창을 열고 뛰어나간다면 밭이랑에 산모퉁이에 도사리고 있는 놈들한테 발기발기 찢기울 듯싶다.

땅속이 한 길 이상이 언다는 만주 추위가 우리가 다녀간 뒤에 바로 풀리어 봄이 왔으면 좋겠다고 생각한다. 이런 땅을 쪼기고[214] 솟아 고이는 펄펄 끓는 물이 있다는 것이 끔찍하게도 사치스런 기적이 아닐 수 없다. 오룡배 온천까지 와서 우리가 아직도 한창때요 건강한 것이 으쓱 행복스럽다. 총대 들고 섰는 만주인 철도 경비병 앞으로 바짝 다가서며 금장에 별이 몇 갠가를 조사하고 우리는 개찰구로 나선다.

---

214) 쪼개고, 뚫고.

화문행각畵文行脚 13

오룡배五龍背 3

온천장 호텔은 적어도 3, 4일 전에 교섭[215]하기 전에는 방을 차지할 수 없고 무상시로 출입할 수 있는 취락관聚樂館이라는 탕은 당분간 폐관이라고 써 붙이었으니 마침내 보양관이라는 병자들이 가족을 데불고 오는 탕에라도 찾아갈 수밖에 없다.

현관에 들어서자 농촌 청년인 듯한 조선 사람 둘이 올라가기에도 주저되는 모양이요 그저 나오기에도 멀리 온

＊ 정지용, 『문학독본』, 박문출판사, 184~188면.
215) 예약.

길에 그럴 수 없는 모양이다. 여급도 별로 인도해 올릴 의사가 없이 곁눈으로 흘리우고 왔다 갔다 할 뿐이다.

방이 비었느냐고 물은 것이 실상은 방마다 비다시피 하였다. '슬리퍼'를 찍찍 끌고 들어가 차지한 방이 다다미우에 '스팀'이 후끈 달아있다. 외투를 벗어 내동댕이치다시피 하고 다리를 뻗고 있노라니 갑자기 피로를 느낀다. 바꾸어 입을 옷을 가져온다든지 차를 나수어 온다든지 마땅히 있어야할 순서가 없다. 초인종으로 불러온 여급이 어쩐지 고분고분 하지 않다.

이러한 곳이란 쩔쩔 매도록 친절해야만 친절 값에 가겠는데 친절은 새레²¹⁶ 냉랭한 태도에 견디기 어렵다. 일일이 가져오라고 해야만 가져온다. 초인종으로 재차 불러오니 역시 뻣뻣하다.

"느 집에²¹⁷ 술 있니?"

"있지라우"

"술이면 무슨 술이야?"

"술이면 술이지 무슨 술이 있는가라우?"

---

216) '-커녕'이라는 옥천 방언.
217) '너희 집에'의 의미인 옥천 방언.

"무엇이 어째! 술에도 종류가 있지!"

"일본주면 그만 아닌가라오?"

"일본주에도 몇 십 종이 있지 않으냐!"

정초에[218] 이 여자가 건방지다 소리를 들은 것이 자취自
取[219]가 아닐 수 없다.

"맥주 가져오느라!"

"몇 병인가라오?"

"있는 대로 다 가져 와!"

호령이 효과가 있어서 훨석[220] 몸세[221]가 부드러워져 맥
주 세 병이 나수어 왔다.

센베이[222]를 가져오기에도 온천장 거리에까지 나갔다
오는 모양이기에 거스름돈을 받지 않았더니 고맙다고 좋
아라고 절한다.

눈가에는 눈물 자국인지도 몰라 젖은 대로 있는가 싶다.

"성 났나?"

---

218) 처음에.
219) 스스로 그렇게 되도록 만들어 그렇게 됨.
220) '훨씬'이라는 뜻의 옥천 방언.
221) '자세 또는 몸가짐'의 의미인 옥천 방언. 옥천에서는 "몸세가 다소곳하
다"고 말한다.
222) 전병.

"아아니요!"

사투리가 후쿠오카나 하가다 근처에서 온 모양인데 몸이 가늘고 얼굴이 파리하여 심성이 꼬장꼬장한 편이겠으나 호감을 주는 것이 아니요 옷도 만주 추위에 빛깔이 맞지 않는 봄옷이나 가을옷 같고 듬식듬식[223] 놓인 불그죽죽한 동백꽃 무늬가 훨석[224] 쓸쓸하여 보인다. 어찌 보면 순직하여 보이는 점도 없지 않다. 이런데 있는 여자가 손님이 거는 농담이라거나 의학에 함부로 몸짓을 흩트린다든가 생긋생긋 웃는다든가 하여서는 자기의 체신을 보호하기 어려울 것이리라고 동정하는 해석을 갖기도 한다.

이 추위에 맥주는 아무리 보아도 쓸쓸한 화풀이가 아닐 수 없다. 탕에라도 가보니 좁디좁은 수조에 뼈쩍 마른 사람 둘이 개구리처럼 쭈그리고 있다. 몸을 가실 새물을 받는 장치도 없다. 수건도 비누도 없다. 나오다 보니 현관에 흰옷 입은 청년들이 그저 서 있다.

"한 시간에 자릿값만 몇 원이 될까 본데 여기 오신 맛이 무엇 있소?

---

223) '듬성듬성'의 옥천 방언.
224) '훨씬'의 옥천 방언.

보아하니 농사짓는 양반들이신 모양인데 그대로 가시지요."

옳은 말로 알아듣고 곱게 돌아간다.

호령으로 버릇을 고치기는 하였으나 박다博多에서 온 여자이고, 의주에서 온 농촌 청년이고 간에 친절한 언사와 여간 '팁'쯤으로서 멀리 만주에까지 지고 온 가난과 없어서 그런 것이야 징치할 도리가 있느냐 말이다.

만주인치고 온천에 오는 이가 별로 없다고 한다. 세수 한 겨울쯤 아니하기는 예사일 터인데 온천이란 쓸데없는 소비적인 것이 아닐 수 없으리라.

도데라[225]가 짧아서 길은 심상 소학생 같다고 스스로 조소한다. 컵에 담긴 맥주는 스팀 옆에서 거품도 없이 절로 찬 것이 가시운다. 원고 쓰기에 좋은 방이라고 생각한다.

동창 유리의 성에를 닦고, 들어오는 멀리 선 산이 구타여 악의를 가지고 대할 것은 아니라도 나무도 풀도 없는 석산이 안동 현 유일의 등산코스가 된다는 것은 한심한 일이다. 그래도 오룡배에 왔었노라고 유리 앞에 서서 산을 그리는 길의 키도 쓸쓸해 보인다. 철판이 우그러지는

---

225) 솜을 넣어 큼지막하고 길게 지은 옷.

듯한 바람이 몰려간다. 실큰한[226] 만주개 짖는 소리가 들린다.

몇 해 전에는 여기서 비적이 일어 불질을 하였던 사건이 있었더라는 말을 들었는데 그래서 그랬던지 아까 정거장을 나설 때 무슨 철조망 같은 것이 역사 주위에 남아 있었던가 기억된다.

"기미꼬상! 여게서 쓸쓸해 어찌 사노?"

"할 수 없이 그대로 지나지라우."

"경성은 살기 좋다지요?"

패랭이꽃처럼 가늘고 쓸쓸한 이 여자는 그래도 열탕이 솟는 오룡배 다다미 방에서 겨울을 나는 것이 좋을 것이라고 생각하며 맥주도 인제 맛이 난다고 나는 말하며 컵을 든다.

유리 바깥 추위는 뿌우연 토우土雨같이 달려 있다.

---

226) '싫지 않은'이라는 뜻의 옥천 방언.

V

남해 오월 점철點綴

1. 기차

우리가 타고 달리는 기차 뒤를 따르는 딴 열차를 나는 의논할 수가 없다. 내 뒤통수를 내 눈으로 볼 수 없듯이 나는 하루 종일 한 열차밖에 모른다. 편히 앉아 다리 뻗고 천리를 가는 동안에, 더구기 나는 고도의 근시안을 가졌기 때문인지, 내 생각이 좁았던 것을 인제 발견했다. 생각이 좁아서 시야가 열리지 않았던 것이다. 시야가 될 자연한 환경 그 자체가 좁았던 것은 아니었다.

또 나는 기차 전면 화통 앞을 볼 수가 없다. 그것은 괴롬이 되지 않는다. 순시²²⁷로 바로바로 전개되겠기에! 나

＊ 정지용, 「남해오월점철1, 기차」, 『국도신문』, 1950. 5. 7.
 정지용은 1950년 5~6월 화가 정종여와 함께 남해여행을 떠난다. 「남해오월점철」은 18회에 걸쳐 『국도신문』에 정종여의 삽화와 함께 연재되었다.

는 나의 좌우로 열려 나가는 풍경을 모조리 관상하고 음미할 수 있는 기쁨을 기차 타고 얻는다. 나는 나의 옆을 지나가는 기차들을 여러 차례 좇다 보았다. 열차가 면목 일신해진 것을 보았다.

유리 한 장 깨진 차창 하나 보지 못했다. 차체가 모두 맑게 닦이어 제비 깃처럼 윤이 나고 쾌속하기 역시 제비와 나란히 날아간다. 나는 흥이 난다. 내가 설령 삼등 말석에 발을 뻗고 앉았을망정 나는 검찰관과 같이 정확하고 엄밀한 차체의 구조와 모든 장식과 도포와 배치와 질서와 봉사를 조사하기 위해 일어선다.

나는 슬리퍼 대신 짚세기[228]를 끌고 전망차로부터 일이 삼등실과 식당차 변소 칸까지 모조리 답파한다. 완전히 패스로구나. 일제 말기 내지 미군정 시절의 비절 애절한 열차가 아니다. 완전하게 깨끗하고 구비하고 아름다워졌다. 연착이 없어졌다. 나는 현직 교통부 장관의 방명이 누구신지 마침 잊었다. 나는 남한의 대소 교통 동맥에 주

부산, 통영, 진주일대를 여행하고 쓴 『국도신문』에 수록된 「남해오월점철」
은 원전의 마모로 확인이 어려운 부분을 잠정적으로 ○로 표시하였다.
227) 순식간.
228) '짚신'이라는 옥천 방언.

야 근로하는 수만 종업원 조원께 감사해야한다. 나는 일본 사람 하나 없는 기차를 탔다. 양인을 겨우 한 두 사람 볼 수 있을 뿐, 우리끼리 움직이고 달리는 기차를 탔다. 나는 쇄국주의자가 아니다. 다만 우리끼리 한번 실컷 살아 보아야 나는 쾌활하다. 야미 보따리 끼지 않은 세상에도 깨끗하고 아름답게 늙으신 경상도 할머니 앞에서 나는 감개무량하다. 나는 이 할머니를 배워 어여쁘게 앞으로 이십 년 늙으면 좋을 뿐이다.

2. 보리

저거번[229] 비는 사흘 연해 바람이 불은 끝에 전곡 채소에 흡족하게 왔던 것이다. 나는 평생에 흙을 갈고 밑거름 웃거름 주고 씨를 뿌리고 매고 유유하게 대자연의 섭리에 일임하는 마음의 여유를 배웠다. 비가 흐뭇이 젖은 위에 땅을 쪼기고 솟아오르는 싹을 볼 때 평생 몰랐던 놀라움과 기쁨을 발견했다. 제일 먼저 나오는 것이 무, 배추, 다음다음 나오는 것이 상추, 쑥갓, 깻잎, 원두, 올콩, 옥수수, 호박, 오이 등… 나오기 몹시 기달리우는 것이 고추 감자 싹들이다.

＊ 정지용, 「남해오월점철2, 보리」, 『국도신문』, 1950. 5. 11.
229) '지난번'이라는 옥천방언.

그러나 내가 집을 떠나오던 날 아침 이것들 모조리 머리를 드는 것을 보았다. 화학비료라는 것이 좋은 줄을 안다. 그러나 퇴비, 인분, 오줌, 재를 잘 활용함에서 소출을 풍부히 할 수 있는 것과 더욱이 계분을 말리어 가루를 만들어 곡식 채소에 소량으로 공급함에 놀라운 효과를 얻을 수 있는 것을 배웠다. 우분을 충분이 썩히어 밑거름을 주면 몹시 가물 때에도 수분을 유지할 수 있는 것을 배웠다. 아침저녁으로 쌀뜨물을 토마토 모에 부어 주면 열매가 익어 맛이 단 것을 배워 알았다. 우리나라 재래식 비료로도 소출을 배가 내일 수 있을 뿐 아니라 토질 그 자체를 개량 할 수 있는 것을 배웠다.

남들 트랙터로 갈고 화학비료로 재배하는 것을 게을러 가지고 부러워해서 무엇 하랴? 먼저 부지런하고 적극적 합리한 경작 실천에서 한국의 농업을 추진시켜야 한다.

대전서 올라온 충청도 고향 일가 구익 군을 수년 만에 만나

"고향에서는 모두 어떻게들 사는가?"

"농지 개혁 착수이후 농민생활은 좋아졌지요."

"굶는 사람은 없는가?"

"굶어 죽는 수야 있나요. 일하는 사람은 생활이 전보다

훨씬 낮구, 일 못하는 사람은 형편 없습니다. 제 땅 가지고도 일을 배우지 못한 사람이 곤란합니다. 머슴을 둔다면 한 달 지불액이 이래저래 이만 원이 듭니다."

흔[230] 나라가 물러가고 새 나라가 일어설 때 많은 사람이 당분간 다소 불리함을 각오하고 더 많은 사람이 유리해지는 것을 축복해야 한다. 차창 밖에 일망무제한 보리가 푸르구나!

---

230) '헌(old)'의 의미인 옥천 방언.

부산 1

서울서 떠나기 전날부터 구름 없이 바람 없이 하늘 빛 일광이 트이기가 희한[231]한데도 불구하고 셔츠 바람에도 더웠다. 거저 더운 것이 아니라 무덥고 계절이 아직 이른 데 찌더운[232] 편이었다. 이대로 며칠 더 계속하면 저거번 비에 터져 나온 밭곡식 채소들이 걱정스럽다. 못자리 물이 염려다. 그러나 나는 믿는 것이 있다.

"여보게! 수가 났네!"

"무슨 수요?"

＊ 정지용, 「남해오월점철3」, 『국도신문』, 1950. 5. 12. '부산1'이라는 표기 없이 『국도신문』에 수록돼 있으나 순서로 볼 때 '부산 1'이 바른 것으로 유추함. 임의대로 '부산1'을 제목으로 사용하였다.

231) 아주 드물어 좀처럼 볼 수 없음.

232) '찌는 듯이 더운'이라는 옥천 방언.

"비가 오겠네!"

"이렇게 멀쩡하게 더운데 무슨 비가 오겠능기요!"

"저거번에는 사흘 두고 동풍이 불어 비가 오고 이번에는 연사흘 무더워서 비가 오는 것일세."

"어디 두고 보입시다."

"두고 보게! 예언한다!"

"비고 머시고 덥어²³³ 죽겠소!"

오후 여섯시에 부산에 내렸다. 우연히 만난 것이 아니라 우리가 오는 줄은 모르고 서울 애인 미스J를 마중 나온 김 군을 가로 챈 것이다. 미스J는 이 차에 안 탔다. 부산 천지에 갈 데가 없겠느냐! 이중 다다미 육조방 삼면을 열어젖히고 속셔츠 바람에 앉았다. 나머지는 알아 무엇하느냐? 무지무지한 부산 사투리에 볶이는 판이다. 우리는 일체 신식유행가를 탕압한다. 우리는 육자백이, 선소리, 사랑가, 이별가 이외는 용서치 않는다. 남도 노래는 경상도 색시 목청을 걸러 나와야만 본격인 것이다.

경상도 색시는 호담하고 소박하고 툭 털어 놓는 데 천

---

233) '더워'의 뜻인 경상도 방언.

하제일이다. 최극한으로 인정적이다. 망끗[234] 손님 대접한
다. 싱싱한 전복, 병어, 도미, 민어회는 먹은 다음 날 제 시
각이 돌아오니 과연 입맛이 다셔지는 것이었다. 취하고 보
니 다리가 휘청거리는 것이 무슨 큰 죄랴. 쓰윽 닿고 보니
영도 향파[235] 댁이 아니고 어딜까 보냐! 담지국이 왜 맑은
것이냐? 담지(홍합)가 삼기어 맑은 것이다. 술은 내일부터
안 먹는다. 오늘은 마시자! 어찌 드러누웠는지 불분명하
다. 술 깨자 잠도 마저 깨니 빗소리가 토드락 동당거린다.
가야금 소리 같은 빗소리…. "청계[236]야! 청계야! 비 온다!
비 온다!"

---

234) '최대한 맘 놓고 많이'라는 옥천 방언. "망끗 먹어라"로 옥천에서 현재
    사용.
235) 소설가 이주홍
236) 화가 정종여

부산 2

들리기만 하는 빗소리에도 나는 풀밭 만난 양처럼 행복스러워진다. 그러나 해항 도시 부산은 애초 비가 잦은 곳이나 이 빗소리가 삼천리강산 고루고루 들리는 것일지 서울이라 문밖 우리 집 조그만 밭뙈기에까지 쪼르륵 쪼르륵 빨려 드는 빌지 나는 궁금하다. 어린 손자 놈이 새벽부터 보고 싶다. 이것도 기도하는 상태일지 나는 눈 뜨고 죽은 듯이 누워 있다

친구들은 성히 코를 곤다. 적당히 느지막하게 일어나 세수하고 아침 먹고 다시 누어 잠들을 청한다. 몇 시 쯤 되었는지 친구들을 홀다께[237] 일어 세워 끊이락 이으락 하

---

* 정지용. 「남해오월점철4」. 부산2 『국도신문』. 1950. 5. 13.

는 우중에 우산도 없이 영도 나룻배 터로 나간다. 똑딱선이 내 유학생 때 퐁퐁퐁 소리 그대로다. 본 시가지로 올랐다. 오십만 인구의 가가호호가 깡그리 음식집으로 보이는 것은 내 불찰일 것이다. 무지무지하게도 많다. 하꼬방[238]이 해안 지대 좌우로 즐비한 거리가 없나, 스시 가가로만 된 거리가 없나, 무수한 일본식 요릿집들, 맨 먹을 것 천지다. 길 초마다 생선을 무뎅이[239]로 놓고 팔고 생선을 저미어 길에서 회로 팔고 길에서 생선 배를 쪼개어 창자를 꺼내어 말릴 감으로 일들하고 있다.

생선 파는 장사가 이름도 모르고 파는 생선이 있다. 멍게라는 것이 있다. 우멍거지라고도 하고 우름송이라고도 한다. 꼭 파인애플 같이 생긴 바다의 갑충류다. 칼로 쪼개어 속살을 빼내면 역시 파인애플 과육으로 비유할 수 있다. 물기 많고 싱싱하고 이것을 길에 서서 먹고 걸어가면서 먹고 참외 깨물어 먹듯 하고들 있다. 우리는 이것을 사 가지고 하꼬방으로 들어가 초간장에 찍어 막걸리와 함께

237) '몹시 재촉하여 또는 귀찮게 굴어'의 뜻인 옥천 방언.
238) '성냥갑처럼 상자모양으로 죽 늘어선 가게'를 의미한다. 이 무렵은 일본 말을 직수입하여 그대로 사용하게 되었다고 한다.
239) '무더기'의 뜻인 옥천 방언.

먹는다. 나는 한 점 이외에 도리가 없다. 청계[240]는 열다섯 개를 먹는다. "답니더. 이거 참 답니더. 입에서 향기가 납니더." 비리고 떫은 것이 달다면 정말 단것을 비리다고 할 사람 아닌가! 향기는커녕 나는 종일 속이 아니꼽다. 비는 올 듯 내려 뿌리고 길은 질고 구질구질 축축하나 온 부산이 먹을 것 천지다. 밥에는 팥이 섞였으나 하여간 팥밥에 우동에 각종 생선에 고기에 맨 먹을 것뿐이다.

---

240) 경남 거창출신 정종여(1914~1984)의 호, 오사카미술대학에서 야노교손 (飋野橋村)을 스승으로 삼아 공부하였다. 1950년 9·28 수복 때 북으로 갔다. 1954년부터 평양미술대학에서 조선화 강좌 교원으로 재직하며 10년간 제자들을 양성한 것으로 알려졌다.

부산 3

"먹을 거 많다고 너무 선전 마이소……. 모두 부산으로
만 뫄들만어뎌칼랑기오?"

먹는 부산만이 부산일가부나? 무역 도시 어업 상공업
도시의 진면목을 찾아 보이려야 이 우중에 안내인도 없
어 도리가 없다. 우리는 항박 포구로서 천연한 조건이동
양에 제일인 부산항 부두로 간다. 부두 바닥에 깔린 침목
이 마룻장 빠지듯 모두 빠지고 시멘트가 바닥이 나고 이
건 황량한 폐허가 되었다.

그 소란턴 쪽발 딸까닥 소리 장화 뻐기던[241] 소리 군도

---

* 정지용. 「남해오월점철5」. 부산3 『국도신문』. 1950. 5. 16.

241) '뻐그덕 거리다'의 옥천 방언. "장화에 물 들어간 것 마냥 왜 뻐기(덕거
리)냐"로 쓰인다.

절그럭거리던 소리가 물로 씻어낸 듯 없다. 발이 어두워 일본 사람 '바케모노'를 만나 볼 형편이 되었구나! 인제부터 훨씬 판단이 올발라야한다. 제국주의 일본의 부산 부두는 이 꼬락서니가 된 것이 타당하다. 대한민국의 신흥 부산 부두는 일로부터 장식되는 것이다. 세계 민주 국가의 상선들이 수줍은 듯 겸손히 닻을 나리고 우리나라 무수한 선박들의 호화로운 출범을 이 부두에서 날로 밤으로 볼 때가 빨리 와야 한다. 붓이 뛰어 우스운 조그만 이야기를 쓰자. 미 주둔군 시절에 이곳 부산서 미인 선원의 빨래를 맡아 빨아다 주는 한국 소년들이 약간의 빵과 병물을 숨겨 들고 빨래와 함께 미국 기선에 들어 창고 속에 숨어 샌프란시스코에 상륙 검거되었다.

유치장이라기보다 미인 경관들의 귀염과 친절을 받아 푼푼이 얻은 돈이 한 아이 앞에 삼백 달러씩 생겼다. 이 진기한 아이 콜럼버스들은 팔 척 호위경관을 대동하고 샌프란시스코 일대에 '신세계'를 찾아 방황했다. 급기야 그 배로 다시 부산으로 정식 무임 회항이 되었다. 이 유색인종 소년 콜럼버스의 신세계는 부산서 발견되고 말았다. 한 아이 앞에 돌아간 오백 달러씩이 지금 부산서 유수한 상업가가 된 밑천이 되었다. 조금도 교육 재료로 선전할 바 못되나 한국 소년들의 모험성 대담성이 정상하게 발육되어, 이 정력 이 지능으로 천연의 미항 대부산이 나폴리 이상으로 훌륭하고 아름답게 될 때가 언제 오기는 오는 것이다.

부산 4

향파 원작 겸 연출인 일 막 학생극이 동래 여자중학교 연극부원들의 실연으로 부산여자중학교 대강당에서 열린다. 교장실에서 마이크로 "이십 분 동안에 점심을 먹고 대강당으로 모이시오……." 간단한 방송이 각 교실로 퍼진다. 일천 육백 명의 유순한 양떼들이 여학교 중 방대하기 남한 제일인 부산여중 교사 방방곡곡에서 쏟아져 나와 대강당 우리 안으로 정제하게 들어간다. 훈육교사가 호통 아니 해도 무사한 학교가 있다. 윤이 자르르 나는 마루 위에 쫑쫑[242] 앉히고 보니 솜털 안 벗은 복숭아들 같

---

* 정지용. 「남해오월점철6」. 부산4 『국도신문』. 1950. 5. 24
242) '틈이 좁거나 간격이 멀지않은' 뜻인 '총총히'의 옥천 방언.

은, 오리알 제 똥 묻은 듯한 청소녀들이 정히 일천육백 명이다. 검은 커튼이 모조리 내리우자 막이 열리자 무대가 밝아졌다.[243] 동래 여중 연극부 일행 환영사가 부산여중 연극부장인 상급생 입으로 정중하게 열린다.

"우리는 양교의 친선을 예술을 통해서만 도모할 수 있음을 믿습니다. 우중에도 불구하시고 본교에 왕림하사 존귀하온 예술을 보여주실 귀교 연극부 여러분께 진실로 감사하는 바입니다."(우뢰 같은 박수)

환영 꽃다발이 일년생 죄그만[244] 발 벗은 학생의 공손 지극한 두 손으로 전해진다. 다발을 안고 서니 말만한 동래 처녀의 가슴이 가리운다.

"한국에서도 유명한 귀교 연극부 여러분! 우리들을 이처럼 환영해 주시니 우리가 이제 실연할 연극이 픽 부끄럽습니다. 그러나 우리는 귀교 연극부와 일치단결하여 한국의 예술을 항상케 하는 영광을 갖고자 하는 바입니다."(박수 갈채)

막이 내리자, 전등이 꺼지자, 징이 울자, 막이 열리자 조

---

243) 검은 커튼이 모두 내리고 막이 열리자 무대가 밝아졌다.
244) '조그만'의 뜻인 옥천 방언.

명이 장치무대를 노출했다. 창밖에서 본격적으로 나리는 비가 자진하여 무대효과의 일역을 담당한다. 쏴아쏴아…….

　연극의 줄거리는 이렇다. 못살게 된 예전 아전의 집 딸이 못살게 된 예전 양반의 집으로 시집가서 아들 낳고 산다. 시어머니는 사납고 욕심 많고 남편은 선량한 시인이나 주책없고 살 줄을 모른다. 아내가 아이를 업고 담배 장사를 하여 살다. 남편은 시 쓴다고 흥얼거리고 있다. 이 비극은 이래서 전개된다.(상)

부산 5

학교교육 어문학 훈련에 있어서 시와 산문의 낭독이라는 것이 매우 중요한 것이요, 그 효과는 그 나라 국민으로 하여금 우수한 국어의 구사자가 되게 하는 것이요, 그 나라 국어를 국제적으로 품위를 높이는 것일까 한다.

학교극의 효과는 좋은 대사를 암송하고 무대 뒤에서 동작과 함께 구연 실연함으로써 어문학 낭독 훈련의 절대한 효과일 것인가 한다. 〈나비의 풍속〉이 동래여중 여학생들의 열심히 공부한 표준어로 유창하게 진행된다. 죽어서 마침내 그칠 평생 고질과 같은 경상도 사투리가 이만치 아름다운 표준어로 탈태되어 씩씩하고 귀여운 경상도 여

---

* 정지용, 「남해오월점철3」, 『국도신문』, 1950. 5. 12.

학생들의 입으로 발표되는데 나는 국어 말살 교육 이래 흐뭇한 기쁨을 얻는다. 그러나 어딘지 영문과 여학생들이 열심히 연습한 영어 극처럼 다소 어색하기도 하다. 나는 듣는 동안에 자주 웃는다.

그러한 점이 더 재미있다.

한번은 이발소에서 이발을 하다가 젊은 이발사에게 말을 건네기를

"여보 이발사, 당신은 조선말 중에도 제일 어려운 경상도 어학을 어떻게 그렇게 잘하시오?"

젊은 이발사 대답하되

"어데요! 우리는 이게 쉴 합늬더[245]"

농담 잘 받고 잘 하는 통영 친구 두준을 이십년 만에 만나

"여보게 평생 낫지 못하는 것을 무엇이라 하지?"

"만성병이캉 고질이캉 그렁거 아닝가?"

"자네 경상도 사투리는 그것이 한 개의 질병일세."

"시끄럽다! 내사 늬 경사 밸이사 없다!"

여학생들은 검도 시합하듯 긴장하여 표준어 연극을 진

---

245) 수월합니다.

행하고 있다. 창밖에는 빗소리 더욱 세다. 검은 커튼 앞
의 일천육백 명 청춘의 호흡은 삼림과 같이 파도와 같이
왕성하다. 무대 위에서는 처녀들이 기를 쓰고 아내와 남
편과 시어머니와 아들을 연습하고 있다. 숭 없어라 동넷
집 과부까지 모방한다. 나는 평생 남의 남편 노릇 연습한
적 없이 이제 남의 늙어가는 남편이 되어 이곳 남쪽 여학
교 강당에 당도하여 남편 노릇 아내 노릇을 박수하며 견
학하고 있다. 처녀들은 시어머니께와 남편과 다투는 우는
연습을 진행한다. 처녀 남편은 술 마시고 우는 연습으로
막이 천천히 내리며 레코드 음악 소리 빗소리(하)

통영 ①

　영도 향파 댁 남창 유리가 검은 새벽부터 흔들린다. 새
벽이 희어지자 유리창 밖 가죽나무 가지가 쏠리며 신록
잎알들이 고기새끼들처럼 떤다. 나는 저윽이 걱정이다. 바
람이 이만해도 통영까지의 나의 뱃멀미가 겁이 난다. 청
계 말이 괜찮다는 것이다. 일백팔십 톤짜리 발동선이 뽀
오ー를 발하자 쾌청하기 구름 한 점 없이 우주적이다. 배
타보기 십여 년 만에 나는 바다라기보다 바다의 계곡지대
인 다도해 남단 코스를 화통 옆에서 밟아 들어간다. 바다
는 잔잔하기 이른 아침 조심스럽던 가죽나무 잎알만치 떨
며 열려 나갈 뿐이다.

---

* 정지용, 「남해오월점철8, 통영 ①」, 『국도신문』, 1950. 5. 26.

영도 송도를 뒤로 물리쳐 보내고 인제부터 섬들이 연해 쏟아져 나온다. 어느 산이 뭍 산이요 어느 산이 섬 산인지 모르겠다. 일일이 물어서 알고 나가다가 바로 지친다. 금강산 만이천봉치고 이름 없는 봉이 없었다. 어떻게 이 섬들과 지면인사를 마칠 세월이 있는 것이냐? 큰 섬 작은 섬에는 초가 하나 있는 섬이 있다. 집 없는 섬에도 꼭두[246]에 보리가 팬 데가 있다. 보리이삭 없는 바위섬도 흙이 덮였기에 풀이 자라는 게지, 나무랄 것이 못 되어도 성금성금 다 옥다옥하다. 태고로 어느 열심한 식목가가 있었기에 심었겠는가? 먼지가 이 맑기 옥과 같은 하늘까지 어느 사막으로부터 날려왔기에 이 돌섬 이마에 머물러 흙으로 싸인 것이냐? 모를 일이다. 저 위에 꽃이 핀다. 꽃가루는 섬에서 섬까지 나를 수 있다. 가을에 솔씨도 나를 수 있다.

섬에서 딴 섬으로 시집가는 신부 일행의 꽃밭보다 오색영롱한 꽃배를 보았다. 우리는 손을 흔들고 모자를 저었다. 햇살이 가을 국화처럼 노랗다. 갑판 위도 북쪽은 바람이 차다. 바다라기보다 바다의 계곡을 내려가는 것이니 섬 그늘이 찰 수밖에. 열 살 이랬는데 일곱 살만치 체중이

---

246) '가운데'나 '맨 위'를 의미하는 옥천방언.

가벼운 옴짓 못하고 멀미 앓는 소녀를 나는 무릎에 누이고 바람을 막는다.

"너 어디 살지?"

"저어 하동읍에 살고 있지요."

낭독하듯 한다.

"너 이름이 무엇이지?"

"성은 정가고 이름은 명순입니다."

나는 소년시절에 부르던 유행가적 정서를 회복한다.

통영 ②

　　오호츠크 해로부터 내려오는 한류 수맥이 동해를 연해 통영 앞바다에서 종적을 잃는다. 대만 유구 열도 수역에서 올라오는 난류가 한 갈래는 일본으로 향하고 한 갈래는 통영 앞을 싸고 진해만 부산 앞을 지나 동해로 치올라 일본 북해도 해역에서 종적을 잃는다. 한파 난파의 상극으로 동해안 일대에 겨울에 눈이 많고 진해만 일대 더욱이 통영 연안에 한난 양류의 무수한 어류가 동시에 총집중한다. 산란기의 어류가 아늑하고 바람 자는 내해로 모아든다. 통영 연안을 지나면 한층 고기는 없다. 자고로 어로 생산으로 통영이 유명한 것은 벌써 이러한 천혜적 조

＊ 정지용. 「남해오월점철9」. 통영2 『국도신문』. 1950. 5. 27

건에 인한 것이다. 멸치는 봄서 가을까지 막 대량으로 잡히고, 겨울에 대구, 가을 도미, 여름 갈치, 기타 무수한 잡어, 통영 개조개, 생불삼치, 방어가 잡힌다. 멸치와 해초 중에 우뭇가사리는 일본으로 건해삼은 중국으로 간다. 쳉이조개 말린 눈은(가이바시라) 주로 마카오로 수출되어 마카오 양복지를 바꾸어 온다.

여기 저기 닻을 내린 큰 배 적은 목선들이 무수히 널려 있다. 모두 고기잡이 배들이다. 충무공께서 왜군 병선을 처음으로 유도해 들이신 견내량見乃梁에 드니 무수한 목선 적은 배들 위에서 어부들이 긴 대장대 끝에 창을 꽂고 물밑을 찌른다. 꽂혀 나오는 것이 조개 중에 풍미 일등인 통영 개조개다. 이것이 하루에도 몇 섬씩 담기어 남한 각지로 분급된다. 하여간 해녀의 손으로 따 올린 생북류 해들만이 경남 일대에 분산 소화된 것이 작년 일 년도만 치더라도 매출고 팔억 원에 달하였다.

고기가 많이 모이는 탓인지 물오리가 많이 떠 있고 한 곳을 지내려니 수천의 오리 떼가 뜨고 잠기고 한다. 물굽이를 타오르고 미끄러지고 가꾸로 잠기고 목 부러진 채 솟은 꼴이 실로 장관이다. 하도 많이 보고 나니 나중에는

잔물결 햇볕에 번득이는 것이 모두 오리대강이[247]로 보인
다. 일본 풍신수길의 수병 대군을 이 목에서 대기하신 충
무공의 눈부신 무훈이 내 눈에도 열리는듯하다. 한난 양
류를 따라 고기가 모이고 오리가 모이고 일본으로 넘어간
난류를 따라 올라온 풍신수길의 대군이 충무공의 신출기
계에 걸려기 시작한 아아 여기가 "견내량!"

---

247) '오리대가리'의 옥천 방언. 현재 옥천에서는 '대갱이'라고도 한다.

통영 ③

통영읍 안 뒷산 밑 명정리明井里라는 한적한 동리에서
도 뒤로 물러나 예로부터 유명한 일정日井 월정月井 두 개
의 우물이 한 곳에서 솟는다. 이를 합하여 명정이라 이른
다. 명정 우물물이 맑고 달기 비와 가뭄에 다르지 않고 수
량이 풍족하기 읍민을 마시우고도 고금이 일여하다. 우리
는 먼저 손을 씻고 이를 가시고 시인 청마 두준 두 벗의
안내로 명정에서 다시 올라 동백꽃 고목이 좌우로 어우러
진 길과 석계단을 밟는다. 역대 통제사들의 기념비석이 임
립한 충렬사 정문에 든다. 한 개의 목공예품과 같이 소박
하고 가난하고 아름다운 중문에 든다. 감개무량이라고 할

---

* *정지용. 「남해오월점철9」. 통영3 『국도신문』. 1950. 6. 9

까. 우리는 미물과 같이 어리석고 피폐한 불초 후배이기에 섧다고도 할 수 없는 눈물이 질금 솟는다.

살으셔서[248] 가난하시었고 유명 천추 오늘 날에도 초라한 사당에 모시었구나! 웬만한 시골 향교보다도 규모가 작고 터전이 좁은데 건물이 모두 작고 얕아 창연하다. 인류 역사상 넬슨 이상의 명 제독인 우리 민족 최대의 은인 지충至忠 지용智勇의 충무공 이순신의 충혼 영령을 모시기에는 너무도 가난한 사당이다. 유명한 맹산盟山, 서해誓海의 목각 대액大額이 좌우로 사념 망상 일체를 습복시키는 사당 정전 문이 신엄하게 열린다. 우리는 분향하고 재배하되 과연 이마가 절로 마룻바닥에 닿았다. 이대로 수 시간 배복하기로 우리는 마음 속속들이 에누리의 여지가 없다. 우리는 종교적 신앙 혹은 사생관, 영혼유무관에서 전해 온 여러 종류의 의식 배례를 떠나 단 한 가닥 민족적 통절한 실감에서 대충무공께 배복하기에 조금도 에누리가 없어진다. 우리는 일어나 영위 좌우 전후로 키를 펴고 돈다. 절을 마치고 난 어린 손자가 자애로운 할아버지 무릎과 수염에 가까이 굴듯이. 명나라 천자가 사당에 바치

---

248) 살아계실 때.

었다는 몇 개의 도검과 기치를 본다. 사당 문을 고요히 닫고 나와 석계에 앉아 멀리 한산도를 조망한다. 살으셔서 액색阨塞[249]하셨던 충무공은 순국하시고도 이렇게 겸손한 사당에 계신다!

---

249) 운수가 막혀 어렵고 군색함.

통영 ④

충무공의 진영이 남아 계시지 않다. 모필과 먹으로 이루어지신 충무공의 진영도 없으시고 충무공 전집과 필적까지 충분히 뵈일 수 있으나 충무공 살아계실 적 체격이 어떠하신지 얼굴이 어떠하신지 알 길이 없다. 다단다난한 국난에 일생을 치구하시노라고 화공을 불러 진영을 남기실 한가가 없으셨으려니와 겸양 지극하신 충무공의 성자적 기질이 진영을 남기시지 않았으리라고도 생각된다. 청마 댁 이층에 밤에 앉아 우리는 이곳 친구들과 한산도 제승당에 모신 충무공의 신구新舊 영정에 대한 인상을 의논한다. 누구는 충무공 새 영정이 너무 무장의 기개가 없이

＊ 정지용. 「남해오월점철10」. 통영4 『국도신문』. 1950. 6. 10

문신의 기풍이 과하다고 이르고, 누구는 충무공께서는 반드시 대장부가 아니시었을 것이요, 소위 선풍도골도 아니시었을 것이요, 반드시 무강하신 무서운 얼굴도 아니 시리라고. 나는 차라리 이 의논에 귀를 기우리며 충무공께서는 외화가 평범하시기 소위 문무를 초월하신 일개 성자와 같으시리라는 의견을 세우고 편히 잤다.

다음날 배를 저어 물길 삼십 리를 지나 한산도 제승당에 올라 새로 모신 영정을 뵈었다. 내 의견에 흡족한 영정이시다. 세상에 그렇게 무섭고 잘난 사람이 어디 있으랴! 투구에 갑옷에 장검을 잡으신 충무공은 조선민족 중에 제일 얌전하시고 맑고 옥에 티 없는 듯이 그리어 지셨다. 초상화 그린 화백을 칭찬할 수 있는 것이 아니라, 우우리 민족의 후예는 모두 충무공처럼 생겼으면 좋겠다고 생각한다. 영정 모신 정당이 협착하기가 충렬사 사당 이상이다. "한산섬 달 밝은 밤에 수루에 앉았으니……" 하신 수루 둘레에 고목이 울창하다. 나무 꼭두마다 무수한 해오리와 황새들이 깃들이고 끼루룩거린다. 앞개에는 저녁 조수가 다가온다. 이 골짜기까지 왜선 칠십여 척을 끌어들여 빠져날 길목을 모조리 막고 두들겨 분쇄 섬멸하신 충무공과 충용한 장병들의 위대한 전적은 그저 사담 전설

이 아니다. 당시에 울던 조수가 오늘도 천병만마처럼 울부
짖는다.

통영 ⑤

    통영과 한산도 일대의 풍광 자연미를 나는 문필로 묘
사할 능력이 없다. 더욱이 한산섬을 중심으로 하여 한려
수도 일대의 충무공 대소 전첩기를 이제 새삼스럽게 내가
기록해야 할 만치 문헌이 부족한 것도 아니다. 우리가 미
륵도 미륵산 상봉에 올라 한려수도 일대를 부감할 때 특
별히 통영 포구와 한산도 일폭의 천연미는 다시 있을 수
없는 것이라 단언할 뿐이다. 이것은 만중 운산속의 천고
절미한 호수라고 보여 진다. 차라리 여기에서 흐르는 동
서 지류가 한려수도는커니와 남해 전체의 수역을 이룬 것
같다. 통영에 대한 요구와 기대는 이 이상 갖고자 아니한

＊ 정지용.「남해오월점철11」. 통영5 『국도신문』. 1950. 6. 11

다. 위대한 상공 도시가 되어지이다 빌지 않는다. 민생의 복리를 위하여 통영은 위대한 어촌 어항으로 더 발전하면 족하다. 민족의 성지 순례지로서 영원한 품위와 방향을 유지하면 빛날 뿐이다.

지세 현실상 용남면 장문리 원문고개 위고성으로 통하는 넓이 삼백 미터쯤 되는 길을 막고 보면 통영읍은 한 개의 작은 섬이 될 것이오. 마곡사란 가을 김장 무배추가 들어 올 육로가 막히는 것이다. 농업지도 될 수 없어 봉오리란 봉이 모두 남풍에 보리가 쓸린다. 위로 보리 빛 아래로 물빛 아우르기야 말로 금수강산 중에도 모란꽃 한 송이다. 햇빛 바르기 눈이 부시고 공기가 향기롭기 모세관마다에 스미어 든다. 사람도 온량하고 공검하고 사치 없이 한갈로[250] 희고 깨끗하다 날품팔이 지게꾼도 거운 무명옷이 희다. 유자와 아열대 식물들이 길 옆과 골목 안에서 자란다. 큰 부자 큰 가난이 없이 부지런히 산다. 부산, 마산 사이에 특이한 전통과 현상을 잃지 않는 어항 도시다. 통영서 경북 본선까지의 철도가 부설된다면 부산을 경

---

250) '하나로 혹은 바른 길'이라는 뜻의 옥천 방언. 옥천은 "한갈로 가야 병이 없다."로 쓰인다.

유하지 않고 산간벽지까지에도 생선의 분배가 고를 것 같다. 다시 왜적 침입도 가망이 없다. 다만 '맥아더 라인'이 철폐되는 경우에는 일본 밀어선의 침입이 염려될 뿐이다. 신흥 민국의 해군 근거지 진해군항이 옆에 엄연히 움직인다. 비행기로 원근양 어류의 대진군을 발견하자. 최근 어로 기술로 어업 생산을 확대하자.

통영 ⑥

전파 탐지기와 같은 전기 활용 장치로 어군의 진행을
손쉽게 알 수 있다한다.

어군을 한곳으로 유도할 수도 있다. 현대 어로작업 기
술은 여기까지 이르렀다. 일본인 어업자들은 이것을 사용
한다. 우리나라 영해에 자주 침입하는 놈들이 이 일본인
밀어해적이다. 그놈들은 우리 영해의 어장 요소요소를 소
상히 알고 있다. 쾌속력 어정으로 다람쥐같이 들어와 우
리 천연 자원을 한 그물에 훔쳐간다.

자주 우리 해군해안경비대의 기관총 앞에 손을 든다.
한번은 일본인 밀어선을 나포하여 경비대 당국의 준열한

＊ 정지용. 「남해오월점철12」, 통영6 『국도신문』. 1950. 5. 16

취조 하에도 일인 밀어 선장 놈이 함구불언이었다. 상당한 형벌이 내리어도 선장 놈이 "으으윗!"으로 굴복치 않았다. 마침내 중형 하에 본색을 고백하기를 "소인은 대전 중의 일본 해군 중좌로 함장이었습니다."

일본인은 무기를 버리어도 어업 침략의 여죄를 버리지 못한다. '맥아더 라인'으로 절대 알려 할 수 없는 점이 이것이다. 그자들은 원양 모험에 굳세고 어로 기술이 우수하다. 통영에 웬만한 연해 소금도 어로에 사용할 수 있는 그물은 기계로 엮어내는 공장이 있다.

한 가지 예를 들어 멸치 잡는 그물을 엮을 기계와 기계의 기술이 없어서 그물을 일본에서 사온다. 조금 창피한 일이 아닐 수 없다. 잡은 고기를 회로 먹고 구어 먹고 나머지를 '캔'에 넣어 해외에 전할 공장이 없다. 재래식 어로 작업으로 치어까지 연안에서 휩쓸어 올린다. 통영 연해에서 고기를 잡는 것이 난사업이 아니라 어류의 양호 번식이 더 중대 문제가 되었다. 전쟁 중에 정어리가 전멸되듯이 이러다가는 통영 연안에서 멸치가 멸종되지 말라는 법도 없을까 한다. 통영읍 총선거 입후보자 중의 애국자는 인문 계통의 애국자 보다는 이 어업 생산의 경륜 기술자로서의 애국자가 더 필요하다. 통영의 어업 생활을 위하여 국가의 관심을 유도할 만한 국회 투사가 필요하다. 누구실지는 내 몰라도 통영읍 네 개 남녀 중학생 중에도 제일 기대되는 것이 이곳 수산중학교가 아닐 수 없다.

진주 ①

진주를 일러 예로부터 색향[251]이라 함은 무슨 뜻이냐고
물으니 진주 인근 읍은 예전에 많은 지주가 살았다 한다.
지주 중 호화롭게 지내는 사람들이 진주부내에 기생 소
실을 두기 좋아하였다. 감영 관찰부가 있어왔고 촉석루
남강의 절승한 경치가 있고 보니 지주 계급 한량들이 아
리따운 기녀를 거느리고 놀음직도 하였다. 이리하여 곡
식과 돈이 진주로 모이게 되는 것이었다. 농공상에 부칠
수 없고 더욱이 양반일 수 없는 빈한한 사람들의 어여쁜
딸들이 가무에 정진하여 이름을 기적에 실리고 몸을 지

---

* 정지용, 「남해오월점철12, 진주①」, 『국도신문』, 1950. 6. 2. 『국도신문』에는
　「남해오월점철12」가 「통영6」과 「진주①」에 중복 표기되어 있다
251) 미인 또는 기생이 많이 나는 고을.

주와 관원에 맡기게 된 것이었다. 임진왜란 적에 그 많은 진주 기생 중에서 만고의기 논개가 있었다. 한려수도 내해 일대 수전에서는 충무공의 서슬 때문에 왜적이 형편없이 되었고 육전에 있어서는 부산서부터 서울까지 형편이 없었다. 성읍을 버리고 달아나는 수령 방백이 없었나, 항전 전쟁에서 침략 적군과 내통한 놈이 없었나, 나라와 민족 최악의 수난기에 일개 섬약한 여성 논개가 진주에 있었다.

승승장구 진주성을 둘러싸고 호기 헌앙한 왜장 '게야무라(모곡촌毛谷村)'는 절세미인 논개를 거느리고 촉석루에서 취했다. 촉석루 아래 푸른 수심에 솟은 반석 위에서 논개에게 안기어 춤을 추었다. 논개의 아름다운 열 손가락에 열 개 옥가락지가 끼어 있었다. 음아질타에 천인이 쏟아질만한 무장이 일개 미기 논개의 팔 안에 들었다. 열 개 손가락에 열 개 옥가락지가 적장의 목을 고랑 잠그듯 잠갔다. 반석 위에서 남강 수심으로 떨어졌다. 다음 이야기가 짧은 지면에 그다지 필요하지 않다. 한 개의 적장을 사로잡는다는 것은 한 개의 적 군단을 섬멸시키는 것이다. 더욱이 한 개 기녀의 충의 애족 애국의 일념으로 이러한 만고 미담이 영원히 빛난 것이다. 논개의 순국 일념이 역대 수백 년 진주 기생의 기개를 세웠다. 진주 기생이 모두 논개가 되었을 리가 있으랴? 다만 화랑에 화랑도가 따른 다면 기생에도 기생의 기풍이 있을만한 것이다. 반석을 의 암義巖이라 이름하고 한 옆에 논개 충의비를 세우고 촉석 위에 사당을 모시었다.(상)

진주 ②

산천이기로 아니 변할 수 있느냐! 산이 허울을 벗고 해마다 홍수에 남강 일대에 모래가 몇 백 년 쌓였다. 요즘 한 보름 가뭄에도 촉석루 아래 쇠잔한 물이 흐른다. 그러나 촉석루 누각은 당시의 모습을 진주 역대 인사들의 성력으로 황혼에도 다치지 않은 채로 보여 준다. 나는 한 시인처럼 즉흥 운문을 쓸 수 없다. 그러나 나는 감개무량하다. 논개 충의비는 일제 망국 놈들이 빼어버렸다. 사당에 제사는 막을 도리가 없었다. 해마다 오월 삼십일이 돌아오면 진주부 유수한 노기들이 제관이 되어 의기 논개 할머니께 제사를 드린다. 제삿밥에 음복과 함께 종일 촉석루

* 정지용. 「남해오월점철13」, 진주2 『국도신문』. 1950. 5. 16

위에 시조와 검무가 점잖게 경건히 열린다. 의기 논개 할머니께 드리는 호화 삼엄한 예술제이다. 이리하여 젊고 어린 기녀들이 노 명기들의 범백을 따라 기생의 기풍을 논개제에서부터 배우고 체득하여 면면히 전해온 것이다.

섧고도 아름다운 전통이다. 해방 후에는 해마다 진주시 당국에서 이 제사를 주최하여 온다. 기생이 접대부로 전변하게 되었다. 기생이 기생집에서 접대부로 요릿집 술집으로 야근한다. 북, 장고, 가야금, 거문고가 금지되었다. 젓가락으로 술상을 치며 잡가를 부른다. 지주와 관원의 세월이 가자 접대부들이 부산으로 몰려간다. 진주는 이제 색향이 아니다. 최근에 생긴 이러한 실화가 있다. 진주 시내 모 요릿집 전속인 젊은 접대부가 있다. 어떤 젊은 돈 없는 청년과 정이 깊었다. 기생어미의 성화에 견딜 수 없는 접대부는 어떤 날 밤 정남에게 정사를 제의했다. 취기 도도한 정남은 무난히 합의하고 남강으로 나갔다. 여자가 먼저 뛰어들었다. 잇달아 든 남자는 창졸간에 여자를 구해 낼 노력으로 혜엄을 쳤다. 술이 순시[252]에 깼다. 여자는 바위 위에 고무신을 남기고 수심에서 죽었다. 술 깨자 춥

---

252) 순식간.

자 남자는 애초에 죽을 의사가 없었던 것이다. 남자는 살았다. 죽은 접대부의 장의행렬 앞뒤에 옛날 논개 할머니의 불초후예 오십여 명이 울며 따랐다. (계속)

진주 ③

양화가 C씨가 경영하는 다방 '세르팡'은 과연 화가답게
고안되고 장식되고 배치되었다. 다방 세르팡 한구석에서
한목 닷새 치 원고를 나는 쓴다. 커피 진짜를 대접 받는
다. 왈츠 '쾌활한 미망인'이 돌아간다. 나는 부산 이후 일
주일 만에 레코드음악을 듣는다. 나는 쾌활해 지는 것이
냐? 피로가 코피에 흥분되어 침착하기 어렵다. 거리거리
로 나간다. 화가 C씨의 상냥한 설명으로 나는 진주에 관
한 예비지식이 섰다. 어느 거리 고샅길을 지나도 쾌활치
않다. 중소 상가에 활기를 찾을 수 없다. 명향 진주의 전
통적 가옥 건물이 없다. 고요한 '미망인'이라기에는 너무

---

* 정지용. 「남해오월점철」. 진3 『국도신문』. 1950. 6. 24

나 답답하다. 요컨대 옛날부터 순전히 소비도시에 지나지 못하므로 생산이 없이 '쾌활한 신부'가 될 수 없음은 도청이 부산에 옮긴 이유에만 그칠 것이 아닌가 한다.

바다가 멀고 보니 수산물 집산지가 될 수 없고 국제 무역도시가 될 수 없다. 주로 삼천포 통영서 오는 싱싱치 못한 해물이 소비된다. 주변 전지에서 고구마, 무, 배추와 과일로 배, 복숭아, 특별히 여름수박이 다량 산출된다. 수공업으로 예전부터 대세공(죽세공竹細工)이성하다.

은방 앞 유리창 안에 옛날 금비녀가 때 묻은 채 누워있다. 지금 진주답기도 하다. 예전 옥가락지 옥비녀가 누워있다. 그러나 남강 다리건너에 남북한에서 유수한 제기 공장이 돈다. 견직 공장이 돈다. 남강 물 푸르고 맑은 이유가 없지 않을까 한다. 해방 후 농과대학이 섰다. 이제부터 진주는 농공상업으로 발전되어야 한다. 부산처럼 먹을 것 많은 것만이 자랑이 아니다. 이제는 색향이라는 별명이 부끄러워야 하고 사실상 색향 진주는 '고요한 미망인' 이상으로 쇠약하다. 서민층 생활이 매우 곤란하다. 방출미를 사기에 일할 오부의 빚을 낸다. 빚을 얻어 방출미를 사서 야미로 팔아 빚을 갚고 나머지는 끓여 먹는다. 이 우울한 사실을 가리울 필요가 없다. 이렇다고 비판할 것이 없다.

강 건너에 방대한 공장이 늘어야 한다. 때로 사이렌 소리가 그림처럼 임립한 굴뚝과 함께 왕성해야 한다.

진주 ④

매년 오월 삼십일에 논개 사당에 제를 드릴 제 기적에
서 벗어났거나 살림 들어갔거나 고령에 노쇠했거나 전 기
생 현 기생 할 것 없이 모조리 촉석루에 운집한다. 그 중
에도 장로급의 노기가 주 제관이 되고 부 제관 기타 합하
여 팔구 인이 입은 옷을 긴소매 느린 황색깁옷으로 갈아
입는다. 위엄과 마음을 정제한 제관 일행이 엄숙한 행렬
을 지어 논개 사당으로 걷는다. 기타 수백의 후배 기생들
은 촉석루 누각 위에 질서 정연히 임립한다.

정성을 다한 제물제상 드높이 만고의인 논개의 영위가

＊ 정지용, 「남해오월점철15, 진주3」, 『국도신문』, 1950. 6. 25. 『국도신문』에는
「남해오월점철15」가 아닌 「남해오월점철51」로 바뀌어 나타난다. 이 책은
순서에 따라 「남해오월점철15」로 표기했다.

열린다. 축문 없이 제사가 일사불란한 예절을 따라 진행된다. 이러한 아름답고 경건한 예절이 수백 년 진양晉陽 계원 노소 기생 아가씨들의 경제력과 정성으로 이어온다. 한 번도 궐제한[253] 적이 없다. 일제 최악기에 논개 비를 부수고 논개 제를 엄금했다. 밤으로 몰래몰래 제사 향화를 이어왔다. 태평한 때 제사 후에는 촉석누각 위에 삼현육각이 잡히고 가무가 종일 계속된다. 춤은 고아하고도 상무적常武的인 검무에 한하고 노래는 속기 없는 국시國詩 시조에 한한다. 말이 없이 민속가무가 진행된다.

'한산 섬 달 밝은 밤에 수루에 홀로 앉아 큰 칼 옆에 놓고 깊은 시름 하는 적에 어디서 일성호가는 남의 애를 끊나니'(이충무공)

근래 와서는 삼현육각을 맡은 남자 악공들이 기악 반주를 하되 장막으로 가리고 안에 숨어서 악음을 내보내는 예가 생겼다.

'광대가 아니다 음악가로서 기생들과 자리를 함께하지

---

253) 제사를 지내지 않거나 빠뜨림.

않겠다'는 뜻일까? 혹은 수백 년 내 부당한 모멸 시에서 이제 해방되어 악공들이 기생 앞에서 내외를 하자는 것일지? 이유는 모른다. 그러나 우리나라 국악 국무는 실상 광대와 기생이 비절한 역사적 환경에서 이어온 것이다. 이제 무슨 장막 뒤에 숨으리오!

진주 ⑤

　진주성이 왜군에게 포위 함락되기 전에 당시 방백 서원
례徐元禮는 변복에 삿갓을 쓰고 말티 고개를 넘어 제 목
숨 위하여 도망했고 삼장사三壯士 최경회崔慶會 황진黃進
김천일金千鎰 등 이하 모든 충용한 장병들은 끝까지 싸우
다가 옥쇄 자결하되……. 혹은 목을 찌르고 혹은 촉석에
서 남강에 던졌다. 평화가 회복되자 논개 사당 옆에 논개
사당보다 조금 큰 충렬사가 섰다. 삼장사 이하 모든 충혼
을 모신 사당이다. ○○○○○○, 이십구일이 삼장사 제삿
날이 된다. 제수와 일체 경비의 제수 음식 솜씨가 전부 진
양계원 노소기생의 손에서 나온다. 논개 제사를 권한 적

＊ 정지용.『국도신문』. 1950. 6. 28

없듯이 삼장사의 ○○○○○○ 없다. 최근에는 진주사회 일부 남성들이 충렬사 제향에 대한 것을 일체 양도하라는 제의가 있다 한다. 진양계 측에서는 이 전등식 의무를 양도할 의사가 없다. 나는 어떻게 되었는지 모른다. ○○○ ○○○○○○○○ 집을 볼 수 있지 않은가? 인정과 의리와 보수적인 기풍이 경상도 진주에 와서 여태껏 눈물겨운 것이 ○○○○○ 하기가 좋다. 유행가적 접대부가 아니라 기생의 자존심을 지니는 고전적인 기생을 앉히고 앞에 마주 대하니 어글어글한 눈매에 트인 이마에 골격의 강경함이 육박하여 온다. 초로 미인 …… 하선 여사의 말이, "이뿐 것과 점잖은 것이 뭣뭣이 다릅니꺼?" 선소리 목청이 바로 창해장풍이다. '평양 기생들은 빈손으로 타향에 나가서 집을 장만하고 살림을 장만하건만, 진주 기생은 트렁크에 돈을 가득히 담고 나간다 할지라도 나중엔 빈손으로 고향 찾아온다.'고 하는 말이 있다. 진주에는 자고로 불교가 성행한다. 사찰에 늙어서 죽어서 모이기는 절대 많은 기생 정신녀들이라고 한다. 그들은 논개 사당에 복을 비는 것이 아니고 향화를 받들 뿐이오. 칠 겁의 복락을 사찰 불전에 의탁한다. 사찰 수입에도 지대한 관련이 진주 기생에 있는 것이다. ○○○○ 너는 아름답다.

정지용 연보

1902(1세) 음력 5월 15일 충청북도 옥천군 내남면 하계
리에서 아버지 영일 정씨(延日鄭氏) 정태국(鄭泰
國)과 하동 정씨(河東鄭氏) 정미하(鄭美河) 사이
에 독자로 태어남. 지용(芝溶)이란 같은 발음의
한자에 맞춘 것임.

1913(12세) 동갑인 은진 송씨(恩津宋氏)인 송재숙(宋在淑)
과 결혼.

1918(17세) 휘문고보(徽文高普)에 입학, 이때부터 습작활
동을 시작함.

1919(18세) 12月 『서광(曙光)』 창간호에 소설 「삼인」이 발
표됨. 지용의 유일한 소설.
『요람(搖籃)』 동인지를 김화산, 박팔양, 박소경
등과 함께 주도하였음.

1922(21세) 휘문고보를 졸업. 이때까지 계속 아버지 친구

인 유복영의 집에서 생활함.

1924(23세) 휘문고보의 교비생으로 일본으로 유학하여 경도(京都)에 있는 동지사대학(同志社大學) 영문과에 입학.

1926(25세) 공적인 문단활동이 시작됨. 『학조(學潮)』 창간호에 「카페·프란스」를 비롯하여 동시 및 시조를 발표함. 1929년 동지사대학을 졸업할 때까지 일본 문예지(文藝誌) 『근대풍경(近代風景)』에 일본어로 된 시들도 많이 투고하여 일본의 대표적인 시인 키타하라 하쿠슈(北原白秋)의 관심을 받게 됨. 이 시기의 주요 작품으로 「기차」, 「해협」, 「다시 해협」, 「슬픈 인상화」, 「풍랑몽」, 「옛 이야기 구절」, 「호면」, 「새빨간 기관차」, 「뻿나무열매」, 「오월 소식」, 「발열」, 「말」, 「내 마음에 맞는 이」, 「무어래요」, 「숨? 기내기」, 「비둘기」 등이 있음.

1928(27세) 장남 구관이 태어남(음력 2월 1일).

1929(28세) 동지사대학교를 졸업. 휘문고보의 영어 교사로 이후 16년 간을 재직함. 시 「유리창」을 씀.

1930(29세) 『시문학』 동인으로 참가, 1930년대 시단의 중

요한 위치에 서게 됨. 주요 작품으로는 「이른
봄 아침」, 「Dahlia」, 「교토 가모가와」, 「선취」,
「바다」, 「피리」, 「저녁 햇살」, 「갑판 우」, 「홍춘」,
「호수 1, 2」 등이 있음.

1933(32세) 『카톨닉청년』의 편집고문을 맡음. '구인회' 문
학친목단체를 결성 「해협의 오전 3시」, 산문
「소곡」 등을 발표.

1934(33세) 장녀 구원이 태어남.

1935(34세) 제1시집 『정지용시집(鄭芝溶詩集)』을 시문학사
에서 출간.

1937(36세) 음력 3月, 북아현동 자택에서 부친(父親) 돌아
가심.

1936(38세) 『문장』지 추천위원이 되어 조지훈, 박두진, 박
목월, 김종한, 이한직, 박남수 등을 등단시킴.

1941(40세) 제2시집 『백록담(白鹿潭)』을 문장사에서 출간.

1945(44세) 이화여자전문학교(현 이화여자대학교)로 직장을
옮김. 담당과목은 한국어와 나전어(羅典語).

1946(45세) 경향신문 주간이 됨. 『지용시선(芝溶詩選)』을
을유문화사에서 출간.

1947(46세) 경향신문사의 주간직을 사임하고 이화여자대

학교 교수로 복직함. 서울대 문리과대학 강사로 출강하여『시경(詩經)』을 강의함.

1948(47세) 2월 이화여자대학교를 사임하고 녹번리 초당에서 서예를 하면서 소일함.

1949(48세) 『문학독본(文學讀本)』이 박문출판사에서,『산문(散文)』이 동지사에서 출간됨.

1950(49세) 6·25전쟁이 일어나자 정치보위부에 구금되어 서대문 형무소에 정인택, 김기림, 박영희 등과 같이 수용되었다가 평양 감옥으로 이감, 이광수, 계광순 등 33인이 같이 수감되었다가 그 후 폭사당한 것으로 추정(부인 송재숙 씨는 70세 일기로 1971년 4월 15일 별세).

　현대시의 아버지로 세간에 널리 알려진 시인 정지용은 산문가로도 날카로운 솜씨를 가지고 있었다. 지용 당대에 이태준의 산문을 세상에서 알아주었다고 하지만 지용의 산문은 그 나름의 맛깔스러움으로 통렬한 재미를 선사한다. 윤동주 시집 「하늘과 바람과 별과 시」에 대한 서문에서 정지용의 산문은 빛을 발했거니와 기행산문에서도 지용의 독특한 시각은 첨예한 감각으로 묘사되는데 이번에 옥천에 거주하는 수필가 김묘순 씨가 가려 뽑은 지용의 산문집이 그 사실을 입증해 준다.

　이 산문집을 일별해 보신 분은 금방 아시겠지만 지용의 시와 산문은 불가분의 관계를 갖고 있다. 예를 들어 '1부 일본 교토'는 일본 유학시절의 중요한 정보를 제공해 주고 있다. 유학생이었던 지용은 경도의 압천에서 많은 시간을 보냈다.

> 나는 이 냇가에서 거닐고 앉고 부질없이 돌팔매질도하고
> 달도 보고 생각도 하고 학기시험에 몰리어 노-트를 들고
> 나와 누어서 보기도하였다.　　　　　_「압천상류 상」에서

옥천 고향의 냇가 못지않게 압천은 지용에게 학창시절의 꿈이 부푸는 중요한 장소였다. 휘문학교 졸업 시절까지 힘들게 고학을 해야 했던 지용에게 압천과 경도는 학창 생활을 나름대로 여유 있게 보낸 제2의 고향이 되었으며 첫 시집 『정지용시집』에 수록된 「카페 프란스」나 「압천」 등의 시편의 직접적인 배경이 된 역사적 장소이다. 그리고 압천에서 일하는 조선인 노동자들에 대한 그의 구체적 기술은 일본 현지에서 일하는 사람들의 실생활을 그대로 엿볼 수 있게 해준다는 점에서도 의미를 갖는다.

'2부의 금강산기'를 살펴보면 지용의 대표적 명편이라고 할 수 있는 「옥류동」이나 「구성동」 등의 시편이 금강산의 현장 답사를 토대로 쓴 것이라는 사실을 한 눈에 파악하게 될 것이다.

한더위에 집을 떠나온 것이 산 위에는 이미 가을 기운이 몸에 스미는 듯하다. 순일을 두고 산으로 골로 돌아다닐 제 얻은 것이 심히 많았으니 나는 나의 해골을 조찰히 다시 골라 지니게 되었던 것이다. 설령 흰돌 위 흐르는 물기에서 꽃같이 스러진다 하기로소니 슬프기는 새려 자칫 아프지도 않을 만하게 나는 산과 화합하였던 것이매 무슨 괴조조하게 시니 시조니 신음에 가까운 소리를 했을 리 있었으랴. 급기야 돌아와 이 진애 투성이에서 겨우 개 무덤 따위 같은 산들을 날마다 바로 보지 아니치 못하게 되고 보니 금강은 마침내 병인 양하게 내 골수에 비치어 사라질 수 없었다. 금강이 시가 되었다면 이리하여 된 것이었다.
　　　　　　　　　　　　　　　　　　　　　_「수수어 3」에서

　꽃같이 스러진다 해도 아프지 않을 만하게 산과 하나가 되었으며 '골수에 비치어 사라질 수 없는' 금강산이 되었으니 어찌 범상한 시가 나올 수 있겠는가. 바로 그 창작 동기와 그 이유를 고백한 것이 위의 산문이다. 이는 지용 시의 비밀을 밝히는 중요한 단서이다. '3부의 남유　다도해기'를 읽고 새로운 풍물에 놀라는 감각은 지용 아니면 포착할 수 없으리라. 배를 타고 한라산을 등반하기 위해 김영랑, 김현구 등과 목포에서 밤배를 타고 제주도에 도착한 지용은 한라산에 대한 소감을 다음과 같이 적었다.

> 해발 일천구백오십미돌이요 리수로는 육십리가 넘는 산 꼭두에 천고의 신비를 감추고 있는 백록담 푸르고 맑은 물을 곱비도 없이 유유자적하는 목우들과 함게 마시며 한나절 놀았습니다. 그러나 내가 본래 바닷이야기를 쓰기로 한 것이오니 섭섭하오나 산의 호소식은 할애하겠습니다. 혹은 산행 일백이십리에 과도히 피로한 탓이나 아니올지 나려와서 하룻밤을 잘도 잤건만 축항부두로 한낮에 돌아다닐 적에도 여태껏 풍란의 향기가 코에 알른거리는 것이요 고산식물 암고란 열매의 달고 신맛에 다시 입안이 고이는 것입니다. 깨끗한 돌위에 배낭을 벼개삼아 해풍을 쏘이며 한숨 못잘배도 없겠는데 눈을 감으면 그 살찌고 순하고 사람을 따르는 고원의 마소들이 나의 뇌수를 꿈과 같이 밟고 지나며 꾀꼬리며 회파람새며 이름도 모를 진기한 새들의 아름다운 소리가 나의 귀를 소란하게 하는것이 아닙니까.
> _「귀거래」에서

한라산에서 하산한 다음에도 '나의 뇌수를 꿈과 같이 밟고 지나'는 마소들에 대한 경험이 없었더라면 시 「백록담」
은 탄생하지 않았을 것이다. 지용의 산문은 지용 특유의 감
각적 언어를 구사하여 산의 정경과 이미지가 그대로 떠오
르도록 글의 맛을 느끼게 한다. 실제 등반 체험이 밑거름이
되어 지용의 2시집 『백록담』이 탄생했다는 것은 우연이 아
니다. 대지에 발을 딛고 있는 자가 아니라면 훌륭한 시를 쓸
수 없다. 지용의 시가 바로 그렇다는 것 그리고 그 시편들이
지용의 우리의 삶과 시적 전통에 깊게 뿌리내리게 했다는
사실은 무심하게 지나쳐 갈 수 없는 의미를 갖고 있다.

'4부 화문 행각'은 서북지방의 여행기로서 이 또한 『백록
담』에 수록된 「장수산」의 배경이 되는 것이다. 충청도 내륙
출신의 지용으로서는 특별한 체험이었을 것이다. 북방에서
남방으로 간 '5부 남해 오월점철'은 1950년대 지용의 마지
막 여정을 담고 있는데 부산, 통영, 진주 등의 풍물들은 바
다를 보고 자라지 못한 지용으로서 낯선 충격이 있었을 것
이다.

결과적으로 정지용은 감각적으로 시를 쓴 대표적인 시인
으로 알려져 있기는 하지만 좀 더 심도 있게 바라보면 결코
머리나 손으로 작업하는 사변적 시인이 아니라 발로 가슴
으로 마음으로 쓴 산문가이며 시인이었다는 것을 이 산문

집에서 발견하게 된다. 이 책은 바로 그 점에서 앞으로 지용 연구의 중요한 길잡이가 될 것이며 또한 지용의 여정을 따라 여행하는 답사 길의 중요한 안내서가 될 것이다. 우리가 살고 있는 오늘의 시대는 눈으로 보고 읽는 시에 만족하지 않고 직접 보고 듣고 걷는 체험의 시대가 되었는데 이 책은 그 여행의 흥미로운 길잡이가 될 것이며 지용을 새롭게 이해하는 지침서가 될 것이다.

좋은 책은 이미 다 알고 있는 사실이라도 하나로 꿰어 놓고 보면 전체를 바라보는 새로운 시각을 갖게 만드는 힘을 갖고 있어야 한다. '구슬이 서 말이라도 꿰어야 보배'라는 말이 있는데 이 산문집은 어떻게 보면 지용시를 이해하는 콜럼버스의 달걀과 같은 책이라고 하겠다.

마지막으로 편자의 노고가 크게 빛나기를 기원한다. 그리고 이 책을 계기로 땀 흘리며 발로 걷고 가슴으로 느낀 것을 시로 쓴 지용의 진면목을 알리는 새로운 계기가 되기를 바란다.

2017년 4월 최동호 씀

 내가 이 책을을 묶으려는 이유는 누군가 이일을 하지 않을지 모른다는 불안함에서 출발하였다.

 빼곡히 들어찬 글씨가 간조론히 앉아있는 원고지가 좋다. 꽉 채워진 원고지가 좋고 비로소 나는 이때 온전한 자유를 느낀다.

 정지용을 안 이후로 그를 사랑하는 마음이 고질병이 되어버린 지 수십 년이 되었다. 병을 앓으며 나는 책상에 온통 '사랑'이라 가득 써놓고 '사랑'을 읽지 못하는 바보가 되었다.

 정지용, 그를 사랑한 죄로 문학을 공부하였다. 「정지용 산문 연구」로 석사를 마치고 정지용 문학을 연구하며 박사 논문도 준비하고 있다.

 정지용 산문을 대하며 나는 상당한 충격에 휩싸였다. 거대한 빙벽 앞에 선 느낌이었다. 그러나 그 벽은 차갑지 않았다. 신비하게 다가오는 떨림이고 두근거림이었다. 그 두근거림으로『정지용 기행 산문』을 책으로 묶었다.

기행 산문은 시간의 이동에 따라 구성하고 대부분 1948년 발간된『문학독본』과 1950년『국도신문』에서 가려 뽑았다.

이 책은 정지용 문학을 전공하는 사람과 일반인 모두를 위한 것이라 할 수 있다. 당시 원본 자료를 구하기 어려워 공부하며 힘들었던 기억이 지나고 보아도 불편한 진실로 기억된다.

정지용은 산문에서도 운율을 의식해 의도적인 띄어쓰기를 비문법적으로 표기하였고 문장부호도 아껴 썼다. 그리고 옥천(중부)방언이 곳곳에 발자국처럼 녹아 있어서 정지용 문학사를 연구하는데 사료적 가치가 높을 것이라는 생각이다.

『정지용의 기행 산문』은 향토어인 방언을 알아야 제대로 감상할 수 있다고 해도 과언은 아니다. 그래서 옥천 지방 방언을 최대한 조사하여 수록해 독자들의 이해를 돕고자 하였다.

방언은 옥천의 촌로들이 많이 쓰는 언어 구사인데 방언으로 알고 조사하였지만 표준어로 인정되는 부분도 있을 수 있다. 충북 안에서도 조금씩 언어 차이가 있는 것이라 옥천인근에서도 쓰이고 있을 것으로 생각된다.

즉 정지용이 옥천 출신이니 옥천 방언이라 알고 정리한 것들이 범위를 넓혀 생각하면 중부 방언권에 속한 다른 지역에서 발견되거나 발견되지 않을 개연성은 있다. 이 부분은 국어학자의 도움을 빌 수밖에 없다.

이 책의 서문을 흔쾌히 수락하여 주신 최동호 교수님, 감수를 하시며 걱정이 많으셨던 신희교 지도교수님께 무한한 감사드린다.

방언 조사에 도움주신 분들과 자료를 찾느라 수고해준 황양식 친구에게도 고맙다는 인사드린다.

그리고 묵묵히 기다림으로 자리를 지켜주신 남편 이문형과 엄마라는 이름과 항상 악수를 하던 두 아들 재흥, 재원이에게도 고맙다는 말 전한다.

이 산문집을 발간하는데 도움주신 옥천군과 옥천문화원 그리고 선뜻 출판을 결심하여 주신 깊은샘 박현숙 사장님께도 머리 숙여 감사드린다.

2017년 30회 지용제를 앞둔 봄날에 편저자 김묘순

오룡배

오룡배 1, 2, 3

의주

신의주

의주 1, 2, 3

함흥

선천

북한

선천 1, 2, 3

평양 1, 2, 3

평양

원산

남포

금강산

속초

해주

개성

춘천

강릉

백령도

서울

원주

대 한 민 국

인천

Ⅳ. 화문행각
「화문행각」
『동아일보』 1940. 1. 28~2. 15
길진섭과 함께

세종
대전

황해(서해)

군산

김천

대구

Ⅲ. 「남유다도해기」 12편
김영랑, 김현구와 함께 기행 1938

진주 1-5

광주

진주

목포

통영

강진

통영 1-6

가거초

제주

남해

제주도

2. 정지용 기행 산문여정

Ⅱ. 금강산기
「내금강소요 1, 2」1937 「수수어 3-2」
박용철과 함께 기행『조선일보』1937. 2. 10~17

Ⅴ. 남해오월점철
「남해오월점철」18편 정종여와
함께 기행『국도신문』1950. 5. 7~6.25

독도

동해

Ⅰ. 일본 교토
1923~1929
「압천상류」上
「압천상류」下

일본

교토

나고야

오사카

히로시마

도쿠시마

오카